ファン文庫

京都上七軒あやかしシェアハウス

著　烏丸紫明

マイナビ出版

目 もくじ 次

Kyoto
kamishichiken
Ayakashi
Share house

第一話

あやかしハロワにハローされまして

Kyoto
kamishichiken
Ayakashi
Share house

一ノ瀬琴子《いちのせことこ》は逃げていた。

必死に。がむしゃらに。ただひたすらに。

ほかにどうすることもできなかったから。

(ああ、もう……！　一体、どうして……！)

どうして、こんなことになっているのだろう？　なぜ、こんな目にあわなくてはならないのだろう？

「……ッ……！　私が、何、を……」

何をしたって言うの？

でもその思いは、言葉にならなかった。喉の奥が焼けつくように痛んで、荒い息をただ繰り返すことしかできない。

「……はぁっ……はぁっ……」

疑問は山ほどあった。なぜ。どうして。次から次へと湧き出て、脳内を占める。

けれど、それに対する答えなど、一つも見つけられなかった。それは決して、今、この状況のせいではない。静かなところで、自分独りで、集中して——熟考に熟考を重ねたとしても、きっと答えなど出ないに違いない。

チラリと、肩越しに背後を見る。

道行く人々の間に黒い大きな影が蠢《うごめ》く。見上げるほど大きな――見た目は泥の塊だ。大きな赤い目がいくつもあって、そのすべてが琴子へと向けられている。足などないように見えるのに、それでも全力で走る琴子にぴったりとついてくる。

「……ッ……！」

たくさんの赤い視線に、臓腑《ぞうふ》が冷える。逃げられるだろうか？

いや、逃げ切らなければ。捕まったら――きっと終わりだ。

（嫌だ……！）

ブルリと背を震わせ、前だけを見つめる。もう振り返る余裕はない。勇気もない。ただ走る。人にぶつからないように気をつけながら、それでも全速力で。

すでに息は切れ、喉は焼け、脇腹がひどく痛んで、全身が燃えるように熱かった。背中は汗にぐっしょりと濡れ、足は鉛のように重い。

それでも、立ち止まるわけにはいかなかった。

「……はぁっ……はぁっ……！　ッ……！　なん、で……！」

何かを考える余裕も、もうないけれど――それでも教えてほしかった。知りたくて知りたくてたまらなかった。

どうして、こんなことになっているのだろう？

今、琴子を追いかけてくるソレのような――『普通の人には見えないもの』が目に映るようになったのは、三ヶ月前のこと。

きっかけなんてものはなかった。少なくとも、琴子には思い当たるふしはなかった。ただ、ある日突然、見えるようになった。

見えるだけならまだよかった。――いや、恐ろしげな姿をしているモノが多いため、もちろん見えないに越したことはないのだが。それでも『ただそこに在るだけ』なら、無視すればいいことだ。いずれ、慣れることもできただろう。

問題は、目が合うと、十中八九襲ってくることだった。

それらは、琴子が見えていることに気づくと、必ずといっていいほど寄ってきた。驚いて逃げると、執拗に追いかけてきた。

なぜかはわからない。あちらの世界のルールは、『目撃者は消せ！』とでもなっているのかもしれない。とにかく、琴子にはその理由を知る術《すべ》はなく――ただ、逃げるしかなかった。捕まらないために。

日常生活は瓦解した。家から一歩出れば、さまざまなモノを見てしまう。無視しようとしても、そうさせないほど恐ろしげな姿をしたモノたち。視界に入れば、どうしても驚いてしまう。ひどい時は、悲鳴を上げてしまう。

見えていることが知られてしまえば――しばらくは決死の追いかけっこだ。これで普通の日常生活など、送れるはずもない。

それでも、ずっと部屋に引きこもっていては、生きてゆくこともできない。

だから、不意にそれらが視界に入っても驚かないように、目を合わせないようにと自分に言い聞かせながら外に出てきたのだけれど――やはり十分ももたなかった。

見てしまった。そして――見つかってしまった。

（苦しい……！）

今日の赤目の巨大泥団子は、今までになくしつこい。

人間とは違う常識で存在しているモノだから――だろうか？　人間ならば障害にもならないことが苦手なモノは多かった。階段を上れなかったり、水場が苦手だったり、エスカレーターやエレベーターに乗ると、それらがどういったものかが理解できないからなのか、追いかけて来られなかったり。ただひたすら走りやすい場所を走るより、スピードダウンしてもいいから複雑なルートをたどるほうが撒《ま》ける確率が高いことに気づいてからはそうしていたのだけれど――今日の赤目の巨大泥団子はずっとついてくる。神社に入ってもついてきたため、正直もうお手上げだった。

（どう……すれば……！）

どうすれば、逃げ切れるだろう？

教えてほしい。助けてほしい。でも――そんなこと誰も教えてくれない。助けてもくれない。そもそもほかの人は、あれらが見えないのだ。

どうしよう？　どうすればいい？

必死に考えを巡らせながら、ひたすらに走っていた――その時だった。

「――ッ!?」

視界が捉えた『ありえないモノ』に衝撃が走る。琴子は愕然《がくぜん》として、足を止めた。止めて――しまった。

(何……あれ……)

美しい人だった。否《いな》、美しい魍魎《モノ》。

春の風に遊ぶサラサラの黒髪はすっきりと短く、同じく黒の双眸《そうぼう》は凛として美しい。ブルーグリーンのチェスターコートに、シンプルな白のカットソー。黒のスキニージーンズと、オシャレで春らしい着こなし。スマホを手に歩く姿は、どこにでもいる若者――のように見える。

でも、そうじゃない。いいいいい。

「……う、そ……」

膝あたりまである、長く艶やかな白銀の髪。その頭の上には、同じ色の大きな獣耳。その背には、狐のような大きく膨らんだ尾が九本。鋭い瞳は、輝かんばかりの黄金《きん》。

そして――鮮やかな緋色の打掛を肩掛けにした、艶姿《あですがた》。

息を呑むほどに美しいそれが、黒髪の青年に重なって見える。

「ッ……！」

全身が激しく震え出す。琴子は思わず自分自身を抱き締めた。ああ、あの美しさは、絶対に人間のものじゃない――。

（ど、どうしよう……！）

逃げなくては。でも、どこへ？　前からは美しいばけもの。後ろからは赤目の巨大泥団子。逃げ場なんてない。

激しい絶望感に襲われる。琴子は両手で顔を覆った。

（ああ、終わった……）

自分は、ここで死ぬんだ。たった二十三歳で、夢を叶えることもなく、素敵な恋をすることもなく、家族に心配をかけたまま。

自分が何をしたのかも、なぜこんな目にあわねばならなかったのかもわからぬまま、この理不尽な状況に屈して。

「やめよ。貴様」

しかしその瞬間、凛とした声が春の空気を震わせる。同時に、何かが優しく琴子の身体を包み込んだ。

「嬉しいのはわかるが、追いいいいかけたりしいいいいてはならぬ」

「——ッ⁉」

予想だにしていなかった言葉に、琴子は思わず顔を上げた。

琴子を引き寄せ、庇《かば》うように抱き締めていたのは、あの美しいばけものだった。

そして、その金の双眸が真っ直ぐに見つめているのは——あの赤目の巨大泥団子。

(追いかけたり、してはって……ああ、そっか……)

ばけものには、ばけものが見える。それは道理だった。

(え……？　つまり、これって……もしかして……)

赤目の巨大泥団子に追いかけられていることに気づいて、助けてくれた——？

言葉を失ったままポカンと美しいばけものを見上げていると、その手がポンポンと琴子の頭を叩く。

「可哀想に。すっかり怯えておるわ。おい、貴様よ。わかるな？　貴様が追いかけたことで、この娘がどれほどの恐怖を味わったか」

美しいばけものが叱責《しっせき》する。何もない空間に話しかけるその男に、道行く人たちが怪訝《けげん》そうな顔をする。どうやら、美しいばけものの姿は琴子以外の人にも見えているらしい。しかし、おそらくそれは、黒髪の青年の姿のほうだけだろうけれど。

「悪いと思っておるのか？」

その言葉に、赤目の巨大泥団子はぐずぐずと変な音を立てて、身を小さくする。

「悪いと思ったら、どうするのだ？」

「――ゴメン、ナサイ」

「ッ……!?」

赤目の巨大泥団子が、身を折るようにして頭（あたり）を下げる。

琴子は唖然として、目を丸くした。

謝った――!?

「オイカケテ、ゴメンナサイ」

「え、ええっ!?」

にわかには、信じられない。まさか、ばけものが謝るだなんて。

そもそも、意思の疎通がはかれるだなんて。

（ああ、違う……。意思の疎通ができるのは、ばけものとばけものだから……）

それでも、言葉が通じるだなんて思ってもみないことだった。

言葉もない琴子の横で、美しいばけものがしっしと手を振る。

「今日のところは去れ。よいか？　次、こやつを見かけても、突然追いかけるような真似をしてはならぬ。約束できるな？」

「ヤクソク、デキル……」

赤目の巨大泥団子がうんうんと頷き、少し名残惜しげに琴子を見つめたものの――大人しく回れ右をし、そのまま去ってゆく。

「……嘘……」

まさか、こんなことが起こるなんて。

あまりのことに、呆然とするしかない。

そんな琴子の頭を、美しいばけものが再び優しく叩く。

「――ということだ。娘。許してやってくれ。アレに、悪気はない」

「わ、悪気って……」

琴子はその身体をそっと押しやり、美しいばけものとわずかに距離を取った。

油断は禁物だ。あの赤目の巨大泥団子より人間に近く、知能が高い分、狡猾《こうかつ》なだけかもしれない。助けたと見せかけて、次の瞬間食らいつかれるかもしれない。

そう――。助けたのではなく、上手いこと言って、獲物を横取りしただけなのかもしれない。

琴子はじりじりと後ろに下がりながら、美しいばけものをにらみつけた。

「あ、あなたは……」

「……珍しいこともあるものよ。娘。それだけ目がよければ、暮らしにくかろう」

その言葉に、思わず目もとを押さえる。返事はせず、さらに後ずさると――美しいばけものが面白そうに目を細める。

「我の本当の姿が、見えておろう？」

「っ……！」

やはり、重なって見えている透けた姿のほうが『本当の姿』らしい。

そして、やはり『本当の姿』のほうは、普通の人には見えないものらしい。

間髪容《い》れず、なんのことだと訊き返さなかった時点で語るに落ちている気もするが、それでも肯定も否定もしない。できない。その答えが一体どんな結果をもたらすか、わからないからだ。

赤目の巨大泥団子は去ってくれたけれど、しかし今度は、この美しいばけものから逃げなければならない。不利になる言動は、絶対に避けなくてはならない。

（むしろ、さっきまでよりも難易度は上がった気がするし……）

さぁ、どうしようか。この美しいばけものは、スマホを手にしている。それなら、エレベーターやエスカレーターに戸惑うこともないだろう。どうすれば逃げられる？撒くことができる？

黙ったまま必死に考えを巡らせていると、美しいばけものが小さく肩をすくめる。

「……そう警戒せずともよい。ぬしを害するつもりなどない。我も暇ではないのだ。今は、この先の店におつかいに行く最中でな。今夜は絶対に『京都一の傳《でん》』の鰆《さわら》の西京漬以外のものは食さぬと言う我儘《わがまま》な家主の願いを叶えるために」

「……は……？」

家主？

（京都一の傳って……）

昭和のはじめ創業の、京都を代表する伝統料理――『西京漬』の名店。実は琴子が、いつか訪れたいと――ひそかに憧れていた店だったりする。

なぜ、そんな名店の名前が、ばけものの口から出てくるのだろう？

「だから正直、ぬしのことなどどうでもよい。助けてやったのは、この春先に女子《おなご》が汗だくになって走っておるのが、少々不憫《ふびん》だっただけよ」

内心首を傾《かし》げる琴子を尻目に美しいばけものは興味なさげにそう言って——しかし次の瞬間、ふと逡巡《しゅんじゅん》し、「いや、しかしここで見て見ぬふりをするのは、神を目指す者としてあるまじきことか？」と小さな声で呟く。

「…………」

何やら考え込んでいるばけものに注意を払いながら、琴子はゆっくりと視線だけで周りを確認した。

ちょうど通りには人がいない。それは——マズい。すぐさま回れ右をして、今来た道を全速力で戻るべきだろう。幸い、この美しいばけものの『仮の姿』はほかの人の目にも映るのだ。人目の多い場所まで逃げられれば、なんとかなるかもしれない。

（よしっ……！）

意を決して、身を翻す。否——翻そうとした、その瞬間。美しいばけものの手が、琴子の手首をつかむ。

「ッ！　ちょっ……!?」

琴子はギョッとして、その手を払おうとしたものの——しかし、五本の綺麗な指はしっかりと琴子の手首に絡みついたまま。

ざぁっと、全身から一気に血の気が引く。

「は、放して！」

「騒ぐでないわ。助けてやろうというのだ」

それを信じろと!?

「け、結構です！　放して！」

「好意は素直に受け取るものだぞ。娘」

「余計なお世話って言葉、知ってますか!?」

「知っておるが……まぁ、心配するでない。五分後には、感謝で号泣しておるわ」

そんなのは嘘だ。信じられない。

「嫌だったら！　放して！」

美しいばけものの手を叩くも、ビクともしない。

そしてばけものは、琴子の手をつかんだままスタスタと歩き出す。すぐそばの塀に向かって。

「放して！　誰か……！」

必死にあたりを見回すも、間が悪いことに誰もいない。普段はそう人通りの少ない道でもないのに。

（誰か！　誰か！　誰でもいい！　誰かいないの!?　お願い！　助けて！）

しかし、琴子の心の叫びもむなしく、美しいばけものはどんどん歩いてゆく。

琴子は目の前に迫る石の塀を見て、ビクッと身を震わせた。

「ま、待って！　お願い！　そっちは塀！　壁！　ぶつかるから！　一度――」

止まって！

しかし、その願いを口にするよりも早く、美しいばけものの身体が塀に溶け込んでゆく。愕然とする琴子の手首を捉えている手も、まるで吸い込まれるように、石壁の中へ。続いて、琴子の手も。

（う、嘘！）

琴子の手も、身体も、石壁にぶつかることなく、触れた感触すらなく、ただ周りの景色が一瞬にして変わる。

「やかましいのう。ぶつかることなどない。大丈夫だ」

「い、言うのが遅い……」

膝が笑ってしまっている。立て続けに起こった『ありえないこと』に、頭がどうかしてしまいそうだった。

「は、放して。お願いだから……」

「そう急《せ》くな。すぐに、感謝させてやる。盛大にな」

——本気で言っているのだろうか？　五分後に、琴子が号泣しながら感謝すると？

ありえない。

「そら、着いたぞ」

舌打ちしたい気持ちで、どうやったらこの美しいばけものの手から逃れられるかを考えはじめた時、美しいばけものが言う。

その言葉に誘われるように、琴子は顔を上げた。

「え……？」

先ほどまでそこにあったはずのビルやマンションは、一つもなくなっていた。

代わりに目の前に建っていたのは、総二階の京町家。

年季の入った漆黒の出格子《でごうし》に、千本格子の引き戸。その傍らには、折りたたみ式のベンチ——ばったん床几《しょうぎ》が。綺麗な曲線を描く、竹製の犬矢来《いぬやらい》。すっきりと美しい、一文字瓦。

そして、軒下で揺れる——五つ団子の紋が描かれた提灯《ちょうちん》。

「こ、こ……？」

慌てて、視線を巡らせる。

昔ながらの風情が感じられる、格子戸が続く家並み。

細い坂道。足もとは、石畳風の舗装。時代を感じさせる京町家に不思議とマッチする、スタイリッシュで和モダンな常夜灯。

そして——あちこちに下がる、五つ団子の提灯。

「ここって……」

「上七軒《かみしちけん》だ。知っておろう？」

「かっ……!?」

美しいばけものがこともなげに言う。琴子は唖然として大口を開けた。

「上七軒って、あの上七軒!?　まさか！　私、さっきまで中京区に——蛸薬師《たこやくし》通りにいたんだよ!?」

「だからなんだ？　ここは上七軒だ」

「………」

だからなんだと言われても。そんなことは、少なくとも人間の世界ではありえないのだけれど。ばけものの常識が、人間に通用すると思わないでほしい。

上七軒は、京都市は上京区。北野天満宮の東側にある——五花街《ごかがい》とよばれる、現在京都に五つある、上七軒・祇園甲部《ぎおんこうぶ》・祇園東・先斗町《ぽんと》・宮川町の花街のうちもっとも歴史のある花街だ。

花街《かがい》とは、『はなまち』のこと。今日《こんにち》では、舞妓さん・芸妓さんが芸を披露したり、お客様と楽しいひとときをともに過ごす『お茶屋』が集合している街のことをいう。

昔は、芸妓屋とともに遊女屋が集まっている場所のことを示す言葉でもあったため、いかがわしい場所というイメージを持つ人もいるかもしれないが、それは間違い。

古くからの舞踊などの伝統伎芸や、をどりなどの伝統行事を大切に今に受け継ぎ、後世へと遺し、伝えてゆくのはもちろんのこと、髪結い師や着付師の技も、着物や帯、簪《かんざし》などを作る伝統工芸職人の技も磨かれてゆく。舞妓や芸妓の艶やかな世界は、京都発祥の物作りを支えたと言っても過言ではない。

舞妓や芸妓は受け継いだ伝統を守りながら、三味線や唄、踊り、話芸などを研鑽《けんさん》に研鑽を重ねて磨き上げ、己を高め——その技でもって客を楽しませるだけではなく、それを後世へと伝えてゆく。

その世界は美しく、艶やかで——しかし厳しく、誇り高い。

上七軒は、室町時代——北野天満宮《きたのてんまんぐう》を社殿の修築した際、その余った木材で七軒のお茶屋を建てたのがはじまり。

上七軒の『五つ団子』の紋は、豊臣秀吉が北野で大茶会を開催した際、茶屋名物のみたらし団子の味を大いに気に入り、商いの特権を与えたという逸話から。

ちなみに、歴史が深いことから、純粋な『京ことば』を一番よく話すのは上七軒の舞妓さんだという説もあるほど、昔ながらの伝統を受け継ぐ由緒正しき花街だ。

ひとしきり周りを見回してから、琴子は未だがっちりと自分の手をつかんだままの美しいばけものを見上げ、眉を寄せた。

「着いたぞって……」

どうして上七軒に？

「な、何？　巣でもあるっていうの……？」

「……娘。我を馬鹿にしておらぬか？」

震えながら言うと、その言葉に気分を害したのか、美しいばけものが眉を寄せる。

「だが、間違ってはおらんな。確かに我は、ここに住んでおる」

「ここって……」

あらためて見ても、なんとも美しい京町家だった。千本格子の引き戸の横に小さな木の表札――いや、看板と言ったほうが適切だろう。年季の入った飴色の木の札に、丸っこい文字で『Ｎｏｒｔｅ』と書かれたそれがかかっている。

「……ノーテ……？」

「確か、ノルテだな。北という意味だったはずだ」

「……北……」

「帰ったぞ！　伊織《いおり》！」

引き戸を開け、美しいばけものが中へと叫ぶ。

そして——。

「——ッ!?　きゃあああああっ！」

美しいばけものに手を引かれて敷居を跨《また》いだ琴子は、その瞬間、大絶叫。その場に崩れ落ちるようにしゃがみ込んだ。

「い、嫌……嫌……」

恐怖に全身が震える。琴子は自由になるほうの手で、口もとを覆った。

（ば、ばけものが、いっぱい……！）

京町家をリノベーションした建物らしく、玄関はさほど広くなかった。両側は白い漆喰の塗り壁。無垢材の廊下が真っ直ぐ奥へと続いている。

普段の琴子なら、スタイリッシュでモダンでありながら、伝統的な和の雰囲気と、懐かしいノスタルジックを感じる雰囲気に胸をときめかせたことだろう。

けれど、その廊下にズラリとばけものが行列を作っていれば——話は別だ。

その光景は、恐怖以外のなにものでもない。

不気味で恐ろしい姿のばけものたちが、なぜか行儀よく一列に並んでいる。

お寺の屏風などに描かれている餓鬼《がき》と呼ばれる鬼のような姿をしているもの、昔の女童《めのわらわ》のようだけれど、目が一つしかないもの。逆に、お寺の小坊主のような姿なのに、目がたくさんあるもの。そのほかにも、首が長いもの、茶釜に狸の頭がついたもの、まくらに子供の身体がついているもの。なぜか豆腐を手に持っている小僧に、なぜか小豆の入った籠を抱えた老人、そしてなぜか、燭台を大事そうに抱えた腰の曲がった老人など――実にさまざまなばけものたちが。

それらは一様に、驚きの目を琴子に向けている。とんでもない状況に、目の前が真っ暗になる。

（ああ、駄目だ……。私、ここで死ぬんだ……）

きっと、食べられてしまうのだろう。助けてやるなどと騙して、ばけものが人間を巣に持ち帰る理由など、ほかにあるはずがない。

「……ッ……」

二十三年の人生――何一つ恥じることのない清廉潔白な生き方をしてきたとは言わない。けれど、これほどの罰をうけなくてはならないような大罪を犯した覚えもない。ごく普通に生きてきた。それなのに、なぜこんな目にあわねばならないのだろう？

「何？　なんなん？」

　パタパタと、近づいてくる足音がする。琴子はへたりこんだまま、ビクッと背中を弾かせた。

　近づいてくるのがわかるのに、恐怖から顔が上げられない。身体の震えが、さらにひどくなる。

「え……？　女の子……？　久遠《くおん》？　これは一体……」

　男の人の声だった。

　少なくとも、そう聞こえた。とても穏やかで、優しい声。

「興奮したあやかしに追いかけ回されておったのでな、保護して連れて来た。この娘、ずいぶんと目がいい。――いささか不自然なほどにな」

「え……？」

「ぬしに任せる。我はもう一度、店に行かねばならん。『おつかい』をまだ完遂しておらんのでな。よきにはからえ」

「よきにはからえて……久遠？　今の悲鳴……嫌な予感がするんやけど、まさか問答無用で連れてきたん？」

「説明するより、連れてきたほうが早かろう？」

当然だと言わんばかりの答えに、その『誰か』がため息をつく。

「恐ろしい思いをしたばかりの子に、なんてことするんや……」

足音と気配が、さらに近づいてくる。ようやく解放された手を抱え込むようにして身を小さくしていると、何かがふわりと頭を撫でた。

「お嬢さん。かんにんな。怖かったやろ？」

その感触も、続いてかけられた言葉も、その声も、あまりにも優しくて——まるでそれらに誘われるように顔を上げる。

「……！」

琴子の前に膝をついていたのは、とても端正な顔立ちの和服姿の男性だった。

年齢は、二十代後半——二十八、九歳といったところだろうか。涼しげな切れ長の瞳に、サラリと揺れる艶やかな黒髪。通った鼻筋に、甘やかで形のよい唇。縹色《はなだいろ》の着物に青磁色の羽織が、とてもよく似合っていた。

「…………」

「はじめまして。僕は伊織といいます。お嬢さん、お名前は？」

よくよく目を凝らしてみても、人間にしか見えない。

琴子は周りを警戒しながら、ごくごく小さな声で呟いた。

「……一ノ瀬、琴子です……」

「……!」

和服の青年――伊織と名乗った彼が、少し驚いたように眉を上げる。

しかしすぐに、再びにっこりと笑うと、琴子の目の前に綺麗な手を差し出した。

「どうぞ、よろしゅうに。よかったら、これから少しお時間もらわれへんやろか?」

「時、間……?」

「そう。ほんの少しでええんよ。もちろん、ここでは嫌やろから……」

チラリと廊下の奥を見たあと、少し考え、あらためて琴子を見つめてにっこり笑う。

「上七軒の坂を下って左に少し行ったところに、カエルさんが目印のなんとも可愛い町家カフェがあるんよ。雰囲気もええけど、食事もデザートもすべてが美味しくて、僕のお気に入りなんやけど……そこでどうやろ」

その笑顔はとても優しく、穏やかで、温かかったけれど――しかしつい今さっき、ばけものが行列を成す奥から出てきた人だ。信用はできない。

伊織が琴子の味方である保証など、どこにもないのだ。

そんな人とともに、さらに知らない場所へ行く――。どうしても恐怖を感じずにはいられない。

「……あんな？　久遠が……あぁ、久遠ってコレな？」

その手を取ることはおろか、明確な意思表示すらできず黙っている琴子に、伊織が傍らに立つ美しいばけものを指で示す。瞬間、美しいばけものがムッと眉を寄せた。

「おい、コレとはなんだ」

「コレの不作法はお詫びするわ。ほんまかんにんな。そやけど、一応フォローすると、君のことを助けようとしたんはほんまなんよ」

久遠と呼ばれた美しいばけものの抗議をあっさり無視して、伊織が言う。

「……私を、助けようと……？」

「そやねん。恐ろしくデリカシーがなかっただけやねん。かんにんしたって」

そうは言われても、やすやすと信じることなどできない。

チラリと、久遠を見る。胡散臭いと思っていることをまったく隠す気のない琴子の視線に、しかし久遠は満足げに微笑んだ。

「感謝させてやると言ったであろ？　よいな？　娘。すべての事情が飲み込めたら、我を褒めて称《たた》えよ。そして崇《あが》め奉《たてまつ》れ」

どれだけ感謝させる気なのだろう？

「……本当に助かるならね」

つんとそっぽを向きながら、小さな声で言う。『でも、どうせ嘘なんでしょ？』と言わんばかりの態度だ。感じ悪いことこの上ない。

わかっていても——ばけもの相手に礼儀を守る気にはなれなかった。

しかし、琴子のその感じ悪い返答に、久遠はなぜかパァッと顔を輝かせる。

「聞いたか？　伊織よ。しっかりと励め。この娘を我の信者にするためにも。見事、救ってみせよ」

「……状況を知るんも、解決方法を考えるんも、すべての説明をするんも僕やのに、感謝されるんは久遠なん？　おかしない？」

「細かいことを気にするでない。では、我はおつかいに戻る」

言うだけ言って、久遠が踵《きびす》を返す。ため息をつきながらその背中を見送った伊織は、見惚れるほど美しい所作で立ち上がると、再び琴子の目の前に手を差し出した。

「立てる？」

「…………」

今度は頷き、大きな手におずおずと自分のそれを重ねて、ゆっくりと立ち上がる。

あのひどい全身の震えは、なんとか治まっていた。

「ほな、少し我慢してな？　怖かったら、目ぇつむっといて」

伊織がニコニコしながら、ポンポンと優しく琴子の肩を叩く。

「あやかしさんたちには、帰ってもらうさかい」

「え……？」

帰って、もらう——？

ポカンとしていると、伊織が奥に向かって声をかける。

正確には、未だ廊下にきちんと並んでいるばけものたちに向かって。

「そういうことやから、今日はここまでな？」

その、瞬間。

「ッ……!?　ええっ!?」

ばけものたちが一斉に頷き、わらわらと散ってゆく。あるモノはその場で掻き消え、あるモノは壁へと身を溶かす。さっき、あの久遠が琴子を連れてしたように。

またあるモノは床が液体になったかのようにドプンとその場に沈んで消え、さらにあるモノはペコペコと頭を下げながら伊織と琴子の脇を通り過ぎて、玄関から外へと出てゆく。

五秒後には、目に見える範囲から、一切のばけものが姿を消していた。

「…………」

あまりのことに、言葉が出ない。

目の前で起きたことが信じられず、ただ呆然としていると――だが伊織にとっては別段驚くことではないようで、「ほな、戸締りして行こか」とにっこり笑う。

琴子は大きく目を見開いたまま、伊織をまじまじと見つめた。

「……い、一体……」

「え？　帰ってもらっただけやけど？　お客を残したまま、出かけられへんやろ？」

しかし伊織は、ニコニコしたまま、こともなげに言う。一体何を驚いているのかと言わんばかりだ。

（わ、私がおかしいの……？）

ばけものとは、道理を解さぬもの。

人間に姿を認められたと知った途端に襲ってくるもの。

そう思っていたのに――。

「お客……だったんですか？　ばけも……いえ、あやかしが？」

「そやね。一応、お客やね。まぁ……そのあたりも含めてお話しさせてもらうわ。さ、行こか」

伊織が優雅な仕草で、玄関を示す。琴子はそっと肩をすくめて、外に出た。

爽やかな春の風に、五つ団子の提灯が揺れる。

澄んだ青空は抜けるように高く、うららかな陽の光は柔らかく、温かく——自身が置かれている状況を考えると、いっそ恨めしくなるほど清々《すがすが》しい。

鍵をかける音を背中で聞いていると、「あれ？　伊織サン、出かけるの？」という実に元気のいい声がする。琴子はとっさに身構え、素早く声のほうへ視線を向けた。

そこに立っていたのは、春の陽光と汗が似合う——ひどく爽やかな青年だった。

年の頃は、二十代前半といったところだろうか？　琴子とそう変わらないだろう。ツンツンと好き勝手な方向を向いた、色の抜けた短髪。人懐っこそうな鳶色の瞳。健康的に日焼けした肌。見上げるほど高い背丈に、作務衣《さむえ》姿でもわかる——筋肉質で引き締まった体軀。

なんというか——ちょっと和風な、体操のお兄さんといった感じだった。

「ああ、陽太《ようた》。そや。少し出かけてくるわ。もし、お客が来たら……」

「伊織サンは今、留守です！　いつ戻るかわかりません！　また明日にでも、お願いします！」

陽太と呼ばれた青年は大きな声で元気よく言って、ニコーッと笑う。

「そう言うんだよね？　覚えてる！」

「そうや。陽太はえらいなぁ。ほな、頼んだで」

「はーい！　お任せあれ！　いってらっしゃーい！」

満面の笑みで、ブンブンと手を振る。

琴子は無言のまま、青年──陽太に小さく会釈だけすると、ゆっくりと歩き出した伊織のあとに続いた。

「今のも……人じゃないですよね？」

「……！」

その言葉に、伊織が驚いたように目を丸くする。

「すごいなぁ。わかるんや」

「まぁ……はい。わかってしまいました……」

わかりたくなかったけれど。

「やっぱり……そうなんですね？」

チラリと、肩越しに後ろを見る。陽太はまだ笑顔で手を振り回していた。その姿はまるで大型犬が尻尾を振っているようで、微笑ましくもあったけれど。

それでも──この三ヶ月間、言葉では言い表せないほど苦労してきたからだろう。

どうしても、人でないというだけで嫌悪感を覚えてしまう。

「そやね。あれは人やない。神さまや」

「え……？　神さま……ですか？」

あれが？

そんな思いが顔に出てしまっていたのだろう。伊織が「付喪神《つくもがみ》やけどな」と笑う。

「つくも……がみ……」

「そうや。付喪神ってわかる？」

「確か……長い年月を経た道具に、霊魂などが宿ったもの……でしたっけ？」

「そうや。生きた草木や動物だけでのうて、命がない思われとる道具かて、長う使われて古なるにつれて魂を宿し、あやかしや神さまになるて考えやな」

「……魂を、宿して……」

「琴子ちゃんの目に、陽太はどう映ってたん？」

なんだか興味深げに琴子を見つめて、伊織が小首を傾げる。

奇異なものを見る目ではない。そこにあるのは、純粋な興味だけのように思えた。

そして、唇に浮かぶ笑みは、どこまでも穏やかで優しく——美しい。

「……どうと、言うと……」

琴子は眉を寄せると、唇に人差し指を当て、上を仰いだ。

「さっきの久遠って美しいばけ……あやかしと違って、普通の男の人に見えました。ただ、なんて言うか……冷たい感じがしたんです」

「冷たい？」

「あ……えっと、心の話じゃありません。冷酷って意味の『冷たい』ではなくて……なんて言ったらいいんだろう？　物理的に？　体温を感じないって言うか……」

ああ、そう。そんな感じだ。その健康的に日焼けした肌は、ほどよくついた筋肉は、しかし触れれば冷たく、固いのだろう。

まるで、石か何かのように。

琴子がそう言うと、伊織が「石か、何か……？」と驚いたように目を丸くする。

琴子は小さく頷き、俯《うつむ》いた。

「ええ。……すみません。言葉にするのは難しいです……。ほとんど直感と言ってもいいかもしれません……。本当に、『そう感じた』ってだけで……」

「……いや、すごいわ。ほとんど正解やで」

伊織がひどく感心した様子で、ほうっと息をつく。

「え……？　正解……」

「ほぼ、な。陽太は狛犬《こまいぬ》なんよ」

「狛犬……？　狛犬って、神社の入り口とか本堂の正面に置かれてるアレですよね？　一対の石像。あ……つまり、あれのもとになった妖怪ってことですか？」

「いやいや、それはちゃうよ。付喪神やて言うたやろ？」

「あ、そっか……。え？　じゃあ……？」

「あれは、古い神社にずっと置かれていた狛犬が、長い時を経て付喪神化したものや。だから、もとは石像なんよ」

「……！　石像!?」

思わず、目を丸くする。

「そや。犬っぽい性格やけど、それは陽太自身の性質で、狛犬やからってわけやない。そもそも、狛犬は犬やないし」

「え？　狛犬って犬じゃないんですか？」

「そこはいろいろな説があって、獅子やとか、兕《じ》っていう一角獣やとか、狛《はく》っていう狼の如く善《よ》く駆ける羊やとか……」

「本当のところはどうなんですか？」

「さぁ？」

伊織が両手を広げて、首を横に振る。

「あくまでも、陽太は狛犬の石像の付喪神やから、石像としての知識しか持ってへんし、そこはわからへん」

石像としての知識ってなんだろう？

「あの……陽太、さん？　も、あそこに住んでるんですか？　久遠、さん……も？」

「……敬称をつけるのに抵抗がありそうやね」

「……そういうわけでは」

モゴモゴと言葉を濁すと、伊織が楽しげに目を細める。

「その目じゃ相当苦労したやろうし、しゃあないわ。ええんよ？　ばけものは総じて嫌いです。怖いです。敵ですって言うても。それが本音なんやろうし」

そのとおり。確かに、それが本音だ。しかしまがりなりにも久遠というあやかしは、琴子を助けるためにここに連れてきてくれたという話だったし、さすがに今、それは言いづらい。

「……頑張ります」

かといって、そんなことはないですと言い切るのは嘘をつくことにもなる。それはそれで失礼だろう。考えたすえ、『嫌いだけど努力はします』という表現に留めると、伊織がふふふと笑った。

「琴子ちゃんはええ子やなぁ。――そうや。陽太もあそこの住人。人やないけどな。あそこ――『ノルテ』はシェアハウスなんよ」

「シェアハウス？」

「そう――神さまやあやかし専用の、シェアハウスや」

「――！」

神さまと、あやかし専用――!?

「そして、僕はそのオーナー」

「……！　オーナー？」

まるで舞をひとさし舞うような雅《みやび》やかさで、伊織が胸を押さえる。

「そう――。『ノルテ』はこの僕が作って、僕が経営しとる、僕の持ちもの」

「…………」

にわかには信じがたい言葉だった。神さまやあやかし専用のシェアハウスだなんて。そんなものが、存在しているだなんて。

実際に見えてなければ、信じやしなかっただろう。だが、残念なことに、琴子には見えてしまっていた。陽太や久遠が人間でないことも。あの町家に多くのあやかしが集まっていたことも。実際にこの目で見たものを、否定することは難しい。

「あの……大量にいたばけも……あやかしたちもですか？」

「いや？　あれはちゃう。お客や言うたやろ？」

伊織が足を止め、あらためて琴子を見つめた。

涼しげな――しかし意味ありげな、魅惑的な眼差しに、心臓が小さく跳ねる。

「入居者は、今は三人やな。人やないけども。『狛犬』の陽太に、『九尾《きゅうび》の狐』の久遠。

そして、『飛縁魔《ひのえんま》』の寧々《ねね》」

「ひのえんま？」

首を傾げると、伊織が悪戯っぽい笑みを浮かべる。

「やっぱり、そっちやったか」

「え……？」

「いや、琴子ちゃんはどっちに引っ掛かるんかなぁと思て。『久遠さんって九尾の狐
やったんですか？』とくるか、『飛縁魔ってなんですか？』とくるか」

「……あ……」

「久遠が『九尾の狐』であることにも、気づいてたんやね」

「……見えてましたから」

九本の見事な尻尾も、頭の上の大きな獣耳も。

「あやかしの知識なんてほとんどありませんけど、さすがに九尾の狐は有名なので」

小説や漫画、アニメや映画などでもたびたび描かれる、かなりポピュラーな妖怪だ。

さすがに、それは琴子でも知っている。

「……あれだけの妖力を持つあやかしが人に化けてんのに、それを見破る目か……。なるほどな。久遠が不審がるわけや」

「………」

伊織が唇に指を当て、小さく呟く。琴子は思わず下を向いた。

あやかしが不審がるほど、自分は変なのだろうか？

そんなにも、常識から外れた存在なのだろうか？

そんな琴子の不安を察したのか、伊織が「さ、ここや。入ろか」と言って、琴子の肩を元気よく叩いた。

「……！　あ……可愛い……」

看板には、確かにティーカップに入ったカエルの姿。

厨子《つし》二階の京町家。二階の天井の低さと虫籠窓に、確かな歴史を感じる。

美味しそうな写真がたくさんのメニューボード。木々と鮮やかな染めの麻のれんが、風に優しく揺れる。

「素敵……ですね」

「そうやろ？　まずは、美味しいもん食べて、一息つこ。話はそれからや」

再び、伊織が琴子の肩をポンポンとする。

「大丈夫。絶対に、悪いようにはせえへんから」

「っ……！」

その手はどこまでも優しくて――じんわりと胸が熱くなる。

琴子は溢れそうになる涙を堪え、唇を嚙み締めた。

『大丈夫』

それは、この三ヶ月間――琴子がずっと欲していた言葉だった。

◇＊◇

「う、わぁ……！　美味しい！」

伊織おすすめの正統派レモンケーキを一口食べて、琴子は目を丸くした。

見た目は、よくあるカトルカール。シロップ漬けのレモンと、柔らかめに泡立てたホイップクリームが添えてある。

でも、一口食べてびっくり。口の中に、レモンの香り豊かなシロップがじゅわっと広がる。しっかり甘いのに、それでいてしつこくなくて、後味は驚くほどに爽やか。甘さと酸味のバランスが絶妙で、いくらでも食べられそうだった。

「レモンには疲労感を解消する効果があるし、香りにも神経の高ぶりを鎮めて精神を穏やかに――気持ちをリフレッシュさせてくれる効果があるんよ。今の琴子ちゃんにぴったりやろ?」

「……はい……」

同じく、伊織がすすめてくれた黒蜜みるくも、その優しい甘さがじんわりと疲れた身体に染み渡る。

琴子はほーっと大きく息をついた。

天井の高い店内。年季の入った梁や柱が、なんともいい味を出している。温もりを感じる木のテーブル席はもちろん、畳に昔ながらの重厚な座卓の席、赤いソファー席もあって、さまざまなスタイルでゆったりとくつろぐことができる。

インテリアは和風というより、多国籍。古く重厚な木のトランクや、古いミシンをリメイクした台。たくさんの本に、アンティークグラス、さまざまなテイストのカエルの置物など、見ているだけで楽しい。

「……落ち着いた？」

「……はい。ありがとうございます」

素直にお礼を言うと、伊織がにこりと優しく微笑む。

「そら、よかった。そしたら、話をさせてもらおうと思うんやけど……さて、何から話そかなぁ……」

伊織が唇に綺麗な指を当て、うーんと上を仰ぐ。

そのまましばらく逡巡し――ややあって、伊織は琴子に視線を戻すと、ゆっくりと口を開いた。

「琴子ちゃん、さっきシェアハウスに来てはった『お客』の中に、豆腐を載せた盆を手に持った子供がおったん、気づいた？」

「え……？　ああ、はい。いましたね」

和服姿で、笠のようなものを頭に被っていて、豆腐を載せた盆を持っていた子供。

確かに、あの廊下にいた。

「あの子は、『豆腐小僧』ってあやかしやねん」

「豆腐小僧……ですか。どういうあやかしなんですか？」

「基本、豆腐を持ってウロウロしとるだけのあやかしやな」

「は……？」

思わず、目を丸くする。豆腐を持って、ウロウロしてるだけ？

「え？　え？　ど、どういう……？」

「どうもこうも、ほんまにそういうあやかしなんよ。特別な能力はなんも持ってへん。ほかのあやかしに虐《いじ》められとったり、小間使いをしとったり。雨の日には人についていくこともあるけど、悪さはせえへん。ほんまに豆腐を持ってウロウロしとるだけ」

「え〜……？」

なんだろう？　納得できないというか、腑に落ちないというか、釈然としない。

琴子は眉を寄せ、額に手を当てた。

「あやかしってもっとこう……すごく不思議なものじゃないんですか？」

「え？　不思議やろ？　なんの意味もなく、豆腐を持ってウロウロしてんねんから」

そうだけども。

「いえ、そういう意味じゃなくて……」

「豆腐小僧は、江戸時代の後期に突然草双紙《くさぞうし》なんかに描かれるようになったあやかしなんや。民間伝承を含む民俗学的資料や、口伝の昔話、もっと古くからの物語集には出てけえへん。突然現れて、巷《ちまた》でえらい人気者になったんよ」

「に、人気者……ですか？」

意味がわからないのは、琴子だけなのだろうか？

（あやかしって、もっと強くて、不気味で、怖くて、危ないものなんじゃないの？）

人間とは相容れないもの。

人間の理解が及ばないもの。

人間の常識が通用しないもの。

そして――人間を脅かすもの。

「草双紙って……」

「絵が入った娯楽本のことやね。内容はさまざま。子供向けから大人向けまで。絵本、童話、児童書……今で言うライトノベルみたいなもんも。さらに歴史小説、軍記物、ノンフィクションの怪奇物まで。官能小説もやな。面白ければなんでもありや」

「怪奇小説に出てたってことですか？」

「おもに滑稽本――つまりコメディやね。怪談本にも出てたみたいやけど、ほとんどは脇役や。豆腐小僧自身を恐ろしいものとして描いた本は少ない。多くは、お人好しで気弱、少し抜けてて、なんとも憎まれへんキャラクターとして描かれとるね」

「…………」

「そやから、多くの子供向けの玩具にも描かれた。すごろくやかるた、凧《たこ》、そのほかいろいろ。今で言う、キャラクターグッズ的なもんも」

「きゃ、キャラクターグッズ……」

　思わず、頭を抱えてしまう。

「理解できひん？　そやけど豆腐小僧は、そもそも江戸時代、庶民のために作られたあやかしやってことを考えれば、それほどけったいなことやあれへんのちゃう？」

「え……？」

　琴子は大きく目を見開き、伊織を凝視した。

　庶民のために、作られた？

「……一体……」

「言葉のままやで？　豆腐小僧は作られたんや。江戸時代、栄養価は高いのに安値な豆腐は、庶民の食卓に欠かせんものやった。豆腐小僧は、それをさらに身近なものにすることに成功しとる。今で言うたら、豆腐業界のコーポレートアイデンティティで作られたマスコットキャラクターといった感じやと思うわ」

「……コーポレート……？」

　その言葉に、ますます唖然とする。

コーポレートアイデンティティとは、簡単に言うと、一目でその企業を認識できる企業の理念や個性を現したロゴやマーク、キャラクターなんかのこと。

たとえば、柔らかいアーチ状の黄色のMを見たら、日本人は——いや、おそらくは世界中の人があの大手ファストフード店を連想するだろう。

そういった——企業やブランド、団体などが作り、発信し、それを社会と共有することで、その存在価値を高める企業戦略のこと。

つまり豆腐小僧は、江戸時代に豆腐の販売業者がさらなる販売促進のために作ったキャラクターということ？

「そ、それって……」

「そうや。つまり、豆腐小僧は、江戸時代のゆるキャラなんよ」

琴子の考えを先読みしたかのように、伊織が頷く。

琴子は息を呑んだものの——しかしすぐに激しく首を横に振った。

「だ、だって、いたじゃないですか！　実際に！」

思わず、上七軒のほうを指差す。

豆腐小僧は、確かにいた。行儀よく廊下に並んでいた。それは、創作されたキャラクターなどでは決してなかった。この目で見たのだ。

「豆腐小僧を見た人が、それを草双紙に描いたんでしょう？　それがたまたま人気を博した……」

「ちゃうよ。反対や。草双紙に描かれた『創作』が人気を博して、それが豆腐小僧てあやかしを生み出したんや」

「……！　『創作』が、あやかしを生む……？」

「神さまかてそうやろ？　長う生きた大樹に、昔の人は神を感じはった。そやから、それを御神木として祀《まつ》った。同じように、日本一の霊峰に、美しく苔生《こけむ》した巨石に、鍛え上げた刀に、磨き上げた鏡に、人は神を見はった。そやから社《やしろ》を建て、それらを御神体として祀りはったんや。神さまやから人々の信仰を集めたわけやない。人々の信仰を集めたから神さまとならはったんや」

「…………」

「実際には『豆腐小僧』なんてあやかしはおらんでも、多くの人が絵に描かれた姿を見て、認識する。それを語り、さらに深く想像し、物語を作る。それを読んだ人々が、またそれを語りあい、楽しむ。そうして、人々の中に『豆腐小僧』は浸透してゆく。誰もが一目見て『豆腐小僧』やと認識できるまでに、キャラクターが確立してゆく。そこまで来たら、人々の意識の中には、もう『豆腐小僧』はおるんよ」

「…………」

　理屈ではそうなるのかもしれない。けれど、納得できない。

　創作があやかしを——無から有が、生み出されているなんて。

「見た目先行で作られたキャラクターやから、設定が曖昧なんや。言葉を解すんか、話すんか、糧《かて》は何か、雨の夜に人についてくることがあるて設定はあるけど、じゃあ夜行性なんか、そうなら日中はどこにおるんか、そもそも寝るんか、性別はあるんか、親や子はおるんか、子育てはするんか、そういったことが全部あやふやや。そやから、たびたびうちに『相談』に来るんよ」

「……！　相談……？」

「豆腐を持ってウロウロすることしかできひん。そういう存在として作られたからや。そやけどそのせいで、彼は消えかけとる」

「え……？　き、消え……？」

「そうや。人々の意識が豆腐小僧を『存在するもの』としたことで、豆腐小僧というあやかしが生まれたんなら、その逆が起こるんは道理やろ。人々が豆腐小僧を忘れてしもうたら、人々の中で豆腐小僧は『存在しないもの』になんねん」

「あ……！」

「人々の意識の中から消えてしもうたら、彼はあやかしとして存在できひん」

その言葉に、思わず俯く。

豆腐小僧が人気者だったのは——誰もが知るあやかしだったのは、江戸時代の話だ。

今は、どれぐらいの人が知っているのだろう？　少なくとも、琴子は知らなかった。

「豆腐小僧みたいなあやかしは、実はかなり多いんよ」

アイスカフェラテの氷が溶けて、カランと音を立てる。

伊織はストローに指を絡めると、ゆっくりとそれをかき混ぜた。

「科学の進歩とともに、人は自然や目に見えへん何かに畏怖《いふ》を抱くことが少ななった。神さまへの信仰も薄れつつある。それは、神さまやあやかしにとっては死活問題や。自然への脅威。神さまへの敬意・信仰。あやかしへの畏《おそ》れや恐れ。そういったもんが糧となっててんから、彼らの存在意義となっててんから、それらがなくなれば、当然神さまもあやかしも存在できひんようになってまう」

それは、思ってもみないことだった。

神さまを、神さまたらしめているのは
あやかしを、あやかしたらしめているのは
人間であると——？

「そうや。意外と人間が、『不思議とされるモノ』の存在力を左右しとるんよ」

伊織がきっぱりと言って、頷く。

琴子は再びテーブルへと視線を落とした。

(もしかして……?)

ふと、久遠の言葉を思い出す。

彼は、あの赤目の巨大泥団子に『嬉しいのはわかるが』と言った。

そして、その巨大泥団子は彼に諭《さと》されて——琴子に追いかけ回したことを謝った。

(彼らは、私を害そうとしていたわけではなかった——?)

もちろん、全部が全部そうではないだろう。中には思いっきり傷つけるつもりで、食らうつもりで、襲ってきたモノもいたと思う。

けれど——見てほしかっただけのモノもいたのではないか。

知ってほしかった。

意識してほしかった。

認識してほしかった。

あやかしを信じ、恐れ、畏れてほしかった。

彼らが、これからも存在し続けるために。

「まぁ、人間を襲うことで名を挙げようと考えるもんも、確かにおらんわけやない。人間から恐れられることで、その存在力を高めようと……。そやけど、見える人間がそもそも少ない以上、貴重なその人間を殺してしまっては、もとも子もあれへん」

「あ……そっか……」

見える人間を襲っても、あやかし自体を、そしてその所業を『見て』恐れてくれる人間はいない。恐怖して、それを語り継いでくれる人はいない。

普通の人にわかるのは、人が死んだということだけ――。

琴子の言葉に、伊織が頷く。

「そうや。神さまやあやかしを信じる者は少ななった。それに比例して、見える者も少ななった。一部の有名なものを除いて、今――たくさんの神さまやあやかしたちが消滅の危機に晒《さら》されとる」

「……消滅……」

人が信じなくなれば、信仰しなくなれば

恐怖することも、畏怖することも、なくなれば

神さまやあやかしの存在は、どんどん希薄になっていってしまうということ――？

「あのシェアハウスは、そんな神さまやあやかしたちのためにあるもんやねん」

「……！　じゃあ、廊下に並んでたあやかしたちは……」

「豆腐小僧と同じく、相談者やね。『まくらかえし』に『油なめ』に『小豆洗い』に『馬鹿《むましか》』。今ではマイナーで、そのキャラクター性も現代には合うてへんあやかしたち。人間に認識されな消えてまう儚《はかな》き存在を、どう社会復帰させるか――。そんなことを一緒に考えてあげてるんよ」

「……！　社会復帰、ですか？」

「そや。やり方次第ではもう一度、一世を風靡《ふうび》することもできるかもしれへんやろ？　そうなれば……まぁ規模にもよるけども、百年は安泰や」

「……つまり、もう一度『豆腐小僧』を『バズらせる』ってことですか？」

　そう言うと、伊織がにっこりと笑う。

「そうやね。そのために、豆腐小僧は今、一つずつ自分の設定を確かめとるよ」

「設定を……？　ああ、さっきおっしゃってた、言葉は解すのか、話せるのか、糧は何かってヤツですか？」

「そうや。もう一度『バズらせる』ためには、今のままじゃあかん。もっとキャラを立たせな。中途半端では芸能界は渡っていかれへん」

「どこのプロデューサーさんです？」

思わず、ふふっと笑ってしまう。

琴子の笑顔に、伊織が優しく目を細めた。

「上手いこと言いよるね。けど、だいたいそんな感じやよ」

そう、悪戯っぽくウインクして——さらに言葉を続ける。

「逆にな？　有名すぎるがゆえに強大な力を持ってしもて、人間と共存していくんが難しくならはった神さまや大妖怪もいてるんよ。『妖狐《ようこ》』や『天狗』のような……。そういう方たちの相談にものらせてもろてる。つまりあのシェアハウスは、神さまやあやかしのお悩み相談所であり、訓練施設であり、一時的な保護施設でもあるんよ。言うたら……そうやな。ハロワやな。あやかし専門ハローワーク」

「あやかしの、ハローワーク……」

「そや。そして、神さまやあやかしたちの相談にだけのっとるわけやないよ」

伊織はそう言うと、口もとの笑みを消し、真っ直ぐに琴子を見つめた。

ひたむきで、ひどく真摯《しんし》な眼差しに、トクンと心臓が跳ねた。

「あやかし関連で悩む人の相談にものっとる。ちょうど、琴子ちゃんのような」

「……！」

「何があったか、聞かせてもろてもええ？」

琴子は俯くと、膝の上で両手を握り締めた。

「……三ヶ月前、なぜか突然見えるようになったんです。理由は……わかりません。心当たりなんてものもなくて……。見えるだけならまだなんとかなったんですけど、あやかしたちは私が見えていることに気づくと……」

「……必ず、近寄ってきた。逃げれば、追いかけてきた。そうやね？」

琴子は下を向いたまま頷いた。

「本当に、必ずです。あやかしは、見える人を襲うものなんだと思ってたぐらいです。先ほどの話で、その認識が少し違うらしいということはわかりましたけど……」

けれど、ついさっきまでは本気で思っていた。捕まったら終わりだと。その瞬間、自分は殺されてしまうのだと――。

そして日常生活は、一気に瓦解《がかい》してしまった。

「仕事は……去年の夏前には、すでに内々定をもらって、十月には予定どおり内定をもらえていました。でも、行けなくて……。三月の研修も、四月に入ってからも」

「外に出ると、あやかしを見てしまうから？」

「はい。そして、見えていることを知られてしまうから……。そうなれば、命がけの追いかけっこのはじまりです。それで、仕事なんかできるはずがありません……」

「……そうやね」

「それでも、ずっとは引きこもっていられません。私、一人暮らしなんです。だから、生きるために、どうしても外に出なくちゃいけない……。それで、今日も……」

「外に、出たと……」

伊織が続ける。琴子はうなだれ、小さく頷いた。

「はい……。銀行に行って、食料の買い出しに向かう途中……赤い目がたくさんある巨大な泥団子みたいなあやかしが急に出て来て、私……悲鳴を上げてしまって……。あ、赤い目が、一斉に私に向けられて……」

思い出しただけで、背中を冷たいものが走り抜ける。

琴子はブルリと身を震わせて、自分自身を抱き締めた。

「……見つかってしまったんやね？　そのあやかしに」

「はい、そうです……。そして、いつものように追いかけ回されている時に……その、久遠さん……に出会ったんです。普通の男の人に、ゾッとするほど美しい九尾の狐が重なって見えて……。もう終わりだと思いました」

「……なるほど」

「普通の生活に……戻りたいです……」

『普通』に戻りたい。

もちろん、今更戻れたところで、必死に内定を取った会社で働けるわけじゃない。就職活動は一からやり直しだし、内定が決まっていたのに、研修にも出ず、欠勤を続けて、結局一日も出社することなく辞めた――その事実は消せない。面接では必ず理由を訊かれるだろうし、あやかしのことなんて話せない以上、いいかげんな人間という印象を持たれてしまうことだろう。

再就職は困難を極めるだろうし、希望していた職種に就けるかもわからない。

しかし、それでもよかった。

そんなものはもう、苦労のうちには入らない。見えなくなるなら、かかわらなくて済むようになるなら、どんなことでもしてみせる。

「見えなく……なりたい……！」

この三ヶ月で、すでに肉体的にも精神的にも限界だった。

命を取られる心配はほとんどないとわかっただけでも救いではあったが、それでもこのままの状況が続けば――自分はきっとおかしくなってしまうだろう。

『普通』が恋しかった。

ありふれた『日常』を取り戻したかった。

「……琴子ちゃん……」

両手で顔を覆って肩を震わせる琴子に、伊織が痛ましげに顔を歪める。

「そうなんや……。突然……なぁ。なんのきっかけもなく……」

ぶつぶつと呟きながら、腕を組み、年季の入った天井を見上げる。

そのまましばらく考えていた伊織は、ふと何か思いついたかのように目を見開くと、再び琴子を真っ直ぐに見つめた。

「そうやなぁ……。琴子ちゃん。よかったら、うちのシェアハウスで働かへん？」

「……え……？」

一瞬、何を言われたのかわからなかった。

（シェアハウスで、働く？　私が？）

琴子はポカンとして、しばらく無言のまま伊織を見つめたあと――顔をしかめた。

「あの……シェアハウスでですか？」

あやかしがわんさかいた、あの？

「……冗談やないって顔やな。まぁ、確かに、あやかしがぎょうさん出入りしよるし、あやかしが嫌いな琴子ちゃんには、しんどい環境やわな」

「……わかってるんでしたら……」

「まあまあ、結論はそう急がんと。ちゃんと考えあっての提案やから」

伊織が、文句のつけようのないキラキラ笑顔で、「ね？」と小首を傾げる。

断るのは、すべてを聞いたあとからでも遅くない。若干の胡散臭さを感じながらも、琴子は小さく肩をすくめた。

「……わかりました。一応、聞きます」

「おおきに。実は、少し困ってたんよ。今の入居者は生活力が皆無なんばっかりで、掃除や洗濯やらがまったくできひん。放っとくと共用部分がすぐにゴミで溢れてまう。それだけやない。何度キッチンを破壊されそうになったことか……。いや、オーブンレンジは破壊されたで。この一ヶ月で、二度もや」

「は……？」

思いがけない言葉に、きょとんとしてしまう。

「あやかしが暴れでもしたんですか？」

「一回目はシチューを、二回目は茶碗蒸しを温めただけやって言うとるけど、それでなんでオーブンレンジが爆発するんか、僕にはわかれへん」

「私にもわかりません……」

何それ？　あやかしの神秘？

「ちなみに、二回とも久遠の仕業や」

「え？　だって、スマホ持ってましたよ？　スマホが使えるのに、オーブンレンジは爆発させちゃうんですか？　しかも、二度も？」

「そう思うやろ？　ほんま謎やねん」

お手上げとばかりに両手を広げて、ため息をつく。

「とりあえず、久遠にはオーブンレンジ使用禁止令を出したんやけど……そうしたら今度はコンビニ弁当をトースターに突っ込みよって、それも駄目にしてん……」

伊織は「コンビニ弁当はコンビニで温めてもらってや……」と言いながら、両手で顔を覆った。

「お、お疲れさまです……。一ヶ月でって……その前はどうしてたんですか？」

「一ヶ月前までは、入居者は四人やったんよ。『毛倡妓《けじょうろう》』というあやかしで、名前は綾乃《あやの》。彼女が、共用部分の掃除はもちろん、全員の洗濯もしとった。夕飯も、彼女が作ることがほとんどやった。その代わり、彼女の食費はみんなで少しずつ負担したり、外での用事はほかのもんが積極的にやったり……上手く分担ができとったみたいなんやけど、その彼女が……」

そこで言葉を濁し、少しだけ残念そうに息をつく。

「一ヶ月前に、消えてもうて」

「……！　それって……」

ハッと息を呑む。

「消滅ってことですか？」

「そやね。『毛倡妓』もまた、年々その数を減らしとるんよ」

「………」

「僕は頻繁にシェアハウスに顔を出すけど、それはあくまで神さまやあやかしたちの相談にのるためや。そして下宿やなくてシェアハウスなんは、あやかしが人間社会で生きていく術を学ぶためでもあるんよ。そやから生活は基本、入居者で協力し合ってやってもらわな意味があれへん」

伊織が、再び深いため息をつく。

「そやけどこの一ヶ月、あまりにも酷うて……。期間限定でも、管理人を雇うべきか迷っとってん」

「……！　つまり、それを私にしてほしいと？」

「そや。シェアハウスの管理人として、しばらく働いてもらわれへんやろか。それが、僕からの提案や。お願いと言うてもええ」

大きく頷き、伊織は琴子を真っ直ぐに見つめ、ピッと三本指を立てた。

「琴子ちゃん側の利点は三つ。一つ、あのシェアハウスには、九尾の狐の久遠がおる。久遠に勝てるあやかしは、そうおらん。お馬鹿やけど、神格で言うたら陽太も大したもんや。何があっても、琴子ちゃんを守ってあげられる。あそこほど、琴子ちゃんが安心して暮らせる場所はあれへんと思うわ」

「……！　それは……」

「二つ、もちろん収入が得られる。諸条件はあとでしっかり確認させてもらうけど、あやかしが出入りするような特殊な職場や。こちらのほうは」

伊織が親指と人差し指で丸を作り、にっこりと笑う。

「しっかりと払わせてもらうつもりや。僕は紳士やから、困っとる女の子の足もとを見るような無粋な真似は絶対にせえへんから、安心してや」

「………」

伊織の言葉を頭の中で反芻《はんすう》しながら、琴子は唇に指を当てた。

確かに、悪くない話ではあった。

「そして、三つ。琴子ちゃん、『神人共食《しんじんきょうしょく》』て言葉、知っとる？」

「しんじん、きょうしょく……ですか？　いいえ」

「神と人が共に食すと書いて、『神人共食』。日本古来より行われとる祀りの儀式や。古くは『日本書紀』にも記述がある。ややこしい言葉で言うと、神祭りの際に捧げた御贄《みにえ》を、司祭者や参加者がいただく儀礼のことを言うんよ」

「え、本当に難しい。ええと……？」

「簡単に言うと、祭りで神さまに捧げたお供えものを、あとからみなで食べることや。神さまと人が同じものを食すことにより、神さまから恩頼《みたまのふゆ》――つまり、ご加護やね。恩恵をいただく。代わりに人は、神さまへの敬意をより深め、感謝し奉《たてまつ》る。そして、両者の結びつきをより強固なものにするんよ」

「……？　ええと、それが何か？」

眉を寄せた琴子に、伊織が頬杖をついて、悪戯っぽく微笑んだ。

「久遠は、天狐《てんこ》――神さまを目指すもの。九尾の狐の中でもさらに長く生き、すでに妖力――あやかしとしての力ではなく、神通力を操る存在や。オーブンレンジは爆発さすけどな」

「神さまを、目指す……？」

ふと、思い出す。そういえば、久遠自身、そんなことを言っていたような。

「てんこっていうのは……」

「天の狐と書く。狐のあやかしの最上級やね。狐のあやかしは、野狐《やこ》から徐々に尾の数を増やして九尾の狐となる。そこから気狐《きこ》、空狐《くうこ》と位が上がってゆくんよ。すると今度は、尾の数が減ってゆく。空狐となってさらに善行を積んだものは白狐《びゃっこ》となり、稲荷神の使い——神使《しんし》となる。その上が天狐。それはもう、神さまに等しい存在や」

「神さまに……」

「そうや。久遠はそれを目指しとるんよ。今は、ようやっと気狐になれるかてところやな。それでも、もうすでにあやかしとは呼ばれへんレベルのもんや」

「…………」

「陽太も、もとは狛犬——神使の像や。普通の付喪神よりも、圧倒的に神格が高い。お馬鹿さんではあるけどな」

そう言って、琴子を見つめてにっこりと笑う。

そして、「で、ここからが本題や」と身を乗り出した。

「琴子ちゃんは今、『見る力』が暴れとる。過ぎた力に、身も精神《こころ》も追いついてへん。そやから、まったくコントロールできてへん。その力が、何かの拍子に偶然授かってもうたもんなら、それも当然や。その力は、琴子ちゃんのもんやないんやから」

「力が、暴走しているってことですか？」

「そうや。そこで、『神人共食』や」

伊織が真っ直ぐに琴子を見つめたまま、人差し指を立てる。

「神格の高いあやかしと寝食をともにすることで、結びつきを強め、加護をいただくことができる。そうすることで、人の身には過ぎた力を鎮める。もしくは祓《はら》うことができるかもしれへん」

「ッ……！」

予想だにしていなかった言葉に、一瞬頭が真っ白になる。

琴子は息を呑み、弾かれたように立ち上がった。

「そん、な……」

上手く言葉が継げない。ドクドクと心臓が早鐘を打ち出す。琴子はぎゅうっと胸を両手で押さえた。

「そんな、ことが……？」

「……正直、やってみいひんとわからへん。ほんまにできるんかどうか。そやけど、間違いなく力のコントロールの仕方は学べる。それだけでも、確実に状況は変わる。琴子ちゃんの助けになるはずや」

「っ……！」

鼻の奥がツンと痛くなって、溢れた涙に視界が歪む。

胸が熱くて、痛くて、上手く息が吸えない。ああ、だけど——。

「お願い……します……！」

深々と頭を下げて、なんとかそれだけ口にする。

必死に絞り出した声は、ひどく掠《かす》れてしまっていた。

「お願い、します……！　お願いします！」

少しでも可能性があるのなら、それに賭けたい。

『普通』に戻れるなら。

『日常』を取り戻せるなら。

そのためなら、あやかしだらけのシェアハウスで暮らすことぐらいしてみせるし、どんな過酷な仕事だってこなしてみせる。

「……っ……！」

涙が、溢れた。

「……助けて、ください……」

それは、ようやく口にすることができた一言だった。

この三ヶ月間——。心の中で叫ぶだけで、実際に発することはできなかった言葉。

「……もちろんや」

伊織が穏やかに頷いて、袖口から小さな巾着を取り出す。お金を数えてテーブルに置くと、店の人に「お金、ここに置いときますわ。いつもおおきに」と笑顔で挨拶。そしてゆっくりと立ち上がると、琴子の肩を優しくポンポンと叩いた。

「外、出よか。お向かいは公園やねん。そこやったら、気にせんでもええやろ？」

「っ……」

思わず顔を上げると、伊織が優しく微笑む。

「おいで」

伊織がそっと琴子の手を取る。そのまま伊織に手を引かれて、店を出る。

通りの向かいは、確かに公園だった。さほど広くもないが、かといって狭くもない。子供たちが走り回るには充分過ぎるほどの大きさだった。

その向こうは学校だろうか？　桜並木と白い無機質な建物が見える。

「………」

爽やかな春の風に、桜の花弁が舞う。

それは息を呑むほど綺麗で――そのせいだろう。緊張が一気に解け、お店の迷惑になってしまうからと必死に我慢していた嗚咽が漏れはじめる。

次から次へと涙が溢れて、もう前が見えない。

「っ……ふ、う…」

「よう頑張りはったねぇ。三ヶ月も、一人で」

心地よい木陰のベンチの前で足を止め、伊織がくるりと琴子を振り返る。

桜に負けないぐらい綺麗なその笑顔に、さらに涙が零れる。

「しんどかったやろ？　……もう大丈夫やで」

大きな手が、優しく頭を撫でる。

その、刹那。

「――ッ！」

決壊する。さまざまな感情が一気に溢れ、琴子を押し流す。

琴子は伊織の胸に飛び込むと、わぁわぁ泣いた。

（ああ……）

ようやく、だった。ようやく泣けた。

『助けて』と口にするだけじゃない。泣くことすらできていなかった。

泣いてしまったら、それで気持ちが挫《くじ》けてしまったら、ばけものに潰されてしまう。

自分を守るためには、強く揺るぎない自分でいるしかなくて――。

着物が濡れるのも構わず、伊織はただ無言で、琴子の背中を撫でてくれていた。

もうそこに、言葉はなかった。

ただ――ひらひらくるりと、儚く、切なく、息を呑むほど美しい薄紅色《うすべに》の花弁が、まるで琴子を慰めようとするかのように降り注いでいた。

◇＊◇

西の空が赤く染まるころ。

伊織と二人――ゆっくり坂を上ってゆくと、シェアハウスの出格子に身体を預けてスマホを弄《いじ》っていた久遠がピクリと耳を揺らして、顔を上げる。

化けていた姿ではない。重なって見えていた本当の姿のほうだ。袴姿に、鮮やかな緋の内掛を肩に掛けた艶姿。白銀の艶やかな髪が風にさらりと揺れ、獣の瞳孔を持つ金色の目が琴子をとらえる。

「ほう？　ずいぶん泣いたようではないか」

そのまま満足げに口角を上げると、ずかずかと無遠慮に寄ってくる。慌てて伊織の背に隠れる琴子に、久遠はニヤリと笑って胸を張った。

「さあさあ、我に感謝するがよいぞ！　さあ、平伏せ！　崇め奉れ！　さあさあ！」

「……めちゃくちゃ要求しますね」

——このデリカシーのなさったらどうなのだろう。そんなにぐいぐい来られると、感謝する気などなくなってしまうのだけれど。

「言うたであろ？　感謝で号泣するとな」

「……五分後ではありませんでしたけどね」

「細かいことは気にするな。さあさあ、感謝せよ！」

さあさあ、さあさあと笑顔で催促される。感謝はしているけれど、これはさすがに鬱陶《うっとう》しい。

「……感謝する気がなくなりました」

「なんと！　感謝しろと言われて、感謝する気をなくすとは、けったいな娘め！」

「いや、ものには言い方ってものがあると思うんですよ」

「何を言う。日本語で言おうが、外国語で言おうが、人の言葉で言おうが、あやかしの言葉で言おうが、同じ意味であろうが」

「……そういう意味じゃないです」

人の気持ちを解さないあやかしめ。

「神さまはもっとドンと構えとったほうがええんとちゃう？」

むっつりと黙ってしまった琴子に代わって、伊織がにっこりと笑う。

「神さま然としとってくれはったほうが、崇め奉りやすいって意味なんちゃうかな？

少なくとも、僕はそうやな」

「ああ、なるほど！　そういうことか！　そうならそうと言えばよいものを！」

「……違います」

思わずそう言ってしまったものの、ほぼ同時に、隣の伊織が小さな声で「そういうことにしときて。琴子ちゃん。ややこしなるから」と言う。

琴子はため息をつくと、久遠を見上げて渋々頷いた。

「……神さまっぽくドンと構えててクダサイ」

「うむ！　苦しゅうない！　ヌシの好きなように崇め奉るがよいぞ！」

……やっぱり、崇め奉らなくてはいけないのか。

「……毎朝、柏手《かしわで》打って拝めばいいですか？」

「今流行りの健康グッズや健康食品、ヘルスケアなんかを教えたるとええよ。久遠、
健康オタクやから」

「は……!?　健康オタク!?」

あやかしが⁉

「天狐になるには、最低でもあと二百年生きなあかんから」

「あ、そういう……？」

「早寝早起き。規則正しい生活をつねに心がけ、暴飲暴食はせず、三度の食事は栄養バランスに気をつけて。冷たいものは極力口にせず、常温の水を一日二リットル以上必ず摂取。その上で毎日適度な運動を……なんてことしとるあやかし、逆に不健康に見えるんは僕だけなんかな？」

「…………」

確かに、あやかしとしては間違っているような気がしないでもない。

「それで？　おつかいは上手くいったん？　鰆の西京焼は買えたん？」

「ああ、我にできぬことはない。注文も金の計算も、あやかしと疑われることなく、実にスムーズだった。『おつかい』はほぼマスターできたと思うぞ。ああ、そして、五人分購入したぞ」

伊織の質問に、五本の指を見せつけるように広げて、久遠がニヤリと笑う。

「四人分ではなく五人分――でよかったのであろう？」

「そやね。琴子ちゃんの分も入れて、五人分や。そこに気ぃついたんは上出来や」

伊織はくしゃくしゃと久遠の頭を撫で、琴子を見下ろして優しく微笑んだ。

「じゃあ、まずは美味しいもんでも食べて、ゆっくりしよか。詳しい話はそれから。安心したら、お腹へったんちゃう？」

それに答えるように、お腹がぐうっと鳴る。そういえば、お昼も食べてなかった。

「いい返事だ」

久遠がニヤニヤしながら、琴子の肩をポンと叩く。

「っ……！　このあやかしめ！　デリカシーってもんを学んでください！」

「何を怒る？　人もあやかしも、素直が一番だぞ？　もちろん、神もだ」

「そやね。素直で可愛らしわ」

「い、伊織さん！」

クスクス笑いながら、伊織がシェアハウスの戸を開ける。

そして、大きくて、優しくて、頼りがいのある手を、琴子の前に差し出した。

「では、あらためて。あやかしシェアハウスへようこそ。これからよろしゅうな？　琴子ちゃん」

第二話

ひらり優しい桜と抜けない心の釘

Kyoto
kamishichiken
Ayakashi
Share house

『ちょっと、自分勝手が過ぎるんじゃないの？』

厳しい言葉に、心がささくれ立つ。

そりゃ、親からしたら心配なのはわかる。せっかく内定をもらった会社は、一度も出勤しないまま辞めたかと思えば、シェアハウスで住み込みの管理人をするなどと突然言い出したのだから。

でも、好きで仕事を辞めたわけじゃない。引きこもりをしていたわけじゃない。

『いつまでも、学生気分でいちゃ駄目よ。お父さんも……』

さらに言い募ろうとする母親の声に被せるように「じゃあ、また連絡するから」と言って、通話を切る。

「っ……」

心配をかけていることは、素直に申し訳ないと思う。

けれど――自堕落な生活をしているわけじゃない。ものをいいかげんに考えているわけでもない。

新社会人として新生活――そんな『当たり前の日常』を喉から手が出るほど欲しているのは、琴子自身なのだ。できるものなら、とっくにそうしている。

理解してもらえないのは、切なくて、悲しくて、やるせない。

かといって、本当のことを話すわけにもいかない。そもそも話したところで、到底信じてもらえやしないだろう。余計に心配をかけるだけだ。

いや、心配ならいい。そんな戯言《ざれごと》を言ってからかって――なんて怒るかもしれない。地元に戻ってきて、そこで就職しろと言い出すかもしれない。それは困る。

土地を移ったからといって、見えなくなるわけじゃない。それなら、小さな希望が見えた今、ここを離れるわけにはいかない。

「………」

琴子はそっとため息をつくと、空を仰いだ。

抜けるように高く澄んだ青空が、今は少しだけ憎らしい。

◇＊◇

「琴子ちゃあ〜ん。おはよ〜」

大輪の牡丹が描かれた寝間着浴衣を、ダイナマイトボディに艶《なま》めかしく引っかけた黒髪の女性が、大あくびをしながらキッチンに入ってくる。

琴子はお鍋の火を切りながら、ペコリと頭を下げた。

「おはようございます。寧々さん。といっても、もうお昼ですよ」

「まだギリギリ午前中じゃな～い。アタシにとっては早朝よ」

確かに、寧々は絶対に午前中は起きてこないと聞いていたのだけれど。

「……もしかして、うるさかったですか？」

段ボール箱を手に、陽太が先ほどからドタドタと忙しく廊下を行き来している。琴子の引っ越しの荷物を、部屋に運び込んでくれているのだ。

おずおずと尋ねると、寧々が首を振って、琴子の手元を指差す。

「ううん。目が覚めたのはそっち～。お味噌のいい匂いがして～」

「あ、はい。少し手が空いたので、寧々さん用に根菜とサバ缶でお味噌汁を作ってたんです。味噌は白味噌と麦味噌に、少しだけ赤味噌を混ぜて」

「え？　嘘。本当に？」

寧々がぱぁっと顔を輝かせる。

「はい。寧々さん、あんまり炭水化物を召し上がらないということだったので、食べ応えのあるお味噌汁をと思って……」

「そうなのよ～。ああ、いい匂い。お腹すいた～」

「すぐによそいますね」

大きめのお汁茶碗を取り出していると、琴子の部屋となる奥の部屋からひょこっと久遠が顔を出す。そして寧々を見て、むぅっと眉を寄せた。

「今ごろ起床か。だらしのない女め」

「ご挨拶ね～。言っておくけど、あやかしとしてはアタシのほうが正しいんです～。それに、アタシは『飛縁魔』だもの」

飛縁魔とは、本来は仏教から出た、女の色香に惑わされて自分を見失ってしまったあげく、大切なものを失って身を滅ぼすことの愚かさを諭すための言葉で、僧たちの女犯を戒めるためのものだったそうだ。

そこから、傾国の美貌と色香によって男を食い潰して破滅させる妖怪が創作されたのだという。

つまり『豆腐小僧』と同じく、創作から生まれたあやかしとのこと。

寧々はそのとおり、琴子の目をもってさえ、一見しただけではあやかしだと気づかれない。少しクセのある、艶やかで豊かな黒髪。長い睫毛に縁取られた黒い瞳。肌は抜けるように白く、唇は濡れて紅い。女の琴子でもドキドキするほどスタイルがよく、匂い立つような色気と母の如き包容力を持つ、魅力的な女性だ。

しかし、そう『創作された』がゆえに、規則正しい生活というものが一切できない。

基本的な『設定』として、酒と色ごと、贅沢を好み、男の金で自堕落な生活をするものとなっているからだ。

「どうぞ。綾乃さんが遺してくださったレシピどおりに作ったので、きっとお口に合うと思うんですが……」

「わぁ、ありがと～！　そうそう。これこれ。アタシ、これ大好きなのよ～」

「こら、娘よ。働かざるもの、食うべからずだ。甘やかすでない」

ダイニングに来た久遠が、むっつりしたまま言う。

その後ろを、段ボール箱を抱えた陽太が駆けてゆく。ほぼ同時に、玄関の外で、「おおきに～」という伊織の声がする。

琴子は、久遠を見上げて首を傾げた。

「え？　でもこの食材、寧々さんが職場でいただいてきたものですよ？」

「そうよ～。って言うか、狐に言われたくないわぁ。アタシも陽太も働いてるもの」

これも伊織から聞いたことだが、寧々は上七軒にあるスナックで、陽太は上七軒の男衆《おとこし》として働いているのだそうだ。

男衆とは、舞妓さん芸妓さんの身の回りの世話をする男性のこと。お座敷に上がる舞妓さん芸妓さんの着付けをしたり、あいさつ回りの付き添いをしたりする。

舞妓さん芸妓さんが使う帯は五メートル以上ある長いもの。長さに比例して重さもかなりあるため、普通に締めるだけでも、女の力ではなかなか大変。舞うなどしても崩れないようにするには、それこそ男の力で締めなくてはならないそうだ。

寧々の言葉に、久遠が苦虫を嚙み潰したような顔をする。

あやかしとしての格や、純粋な力の強さで言えば、久遠・陽太・寧々の順となるが、人間社会との馴染み度で言うと、寧々・陽太――決して埋められない隔たりがあって、久遠の順となっている。

それは、あやかしとしての成り立ちが関係しているのだそうだ。

寧々は、そもそもの成り立ちが人による『戒め』のため、つまり人間の性質に深く関係している。飛縁魔の設定も、人――男を誘い、惑わせ、堕落させ、破滅させるというもの。それゆえに、人間社会への順応力は高い。

陽太も、そもそもは狛犬として人に作られたもの。そして、参拝する人々を長きに渡って見守り続けたこともあり、そのあたりの能力は高め。

ただ、もとが石なので、複雑なことを理解するのには少々時間がかかる。そのため、機械全般が苦手。

その点、久遠はもとが獣。人間とは違う社会で生きてきたもの。

そのため、習性から思考回路から、すべてが人間とは別もの。

一番長く生きてきて、一番力も強いけれど——まだようやく一人で『おつかい』ができる程度にしか、人間社会に溶け込めていない。

「ん～っ！　美味しい！　琴子ちゃん！　ありがとう！」

一口飲んだ寧々が、笑顔で身を震わせる。

「染みるわ～！　ああ、美味しい！」

「よかったです。お漬けものも出しましょうか？」

「あ、お願い～。千枚漬が食べたいわ～」

千枚漬。確かあったはず。

（それは『絶対に切らしたらあかんリスト』に入ってたもんね）

大型の冷蔵庫を開けて千枚漬を探していると、伊織がダイニングに姿を見せる。

「おや、寧々。珍しいやんか。午前中から起きとるなんて」

「だって、いい匂いしたんだもん～」

タッパーに入った千枚漬を見つけて小皿へと盛りつけていると、伊織が琴子を見てにっこりと笑った。

「もう大丈夫やで。琴子ちゃん。『朧車《おぼろぐるま》』、帰ったから」

「……まさか引っ越し荷物をあやかしで運ぶことになるとは思いませんでした」

朧車とは、牛車に巨大な人の顔がついたあやかしだ。

『わざわざ引っ越し業者に頼まんでも、大丈夫や。男手もあるし、車もあるし』

伊織がそう申し出てくれたのだけれど――まさかその『車』があやかしだなんて、誰が思うだろう。

一目見るなり思いっきり悲鳴を上げた琴子に、伊織は、「かんにん。琴子ちゃん。愛嬌ある顔やし、乗ってしまえば普通の牛車と変わらんし、大丈夫や思うて……」と殊勝な顔をして謝っていたけれど、軽トラ一台分の荷物がすべて積み込めて、さらに長身の男三人に琴子まで乗れた上に、車でも十分少々かかる距離を二秒で移動できる『普通の牛車』が存在するなら教えてほしい。

一応申し訳なさそうにはしていたけれど、絶対に手間と時間と効率を考えた上での確信犯だと思う。そうに違いない。

「箱、全部部屋に入れたよ！」

陽太が奥の部屋から顔を覗かせる。

「あ……ありがとう。陽太くん」

「いーえー。ほかにも手伝うことがあったら言ってね！」

陽太が元気よく言って、ニコーッと笑う。

琴子は寧々に漬けものを出しながら、ぎこちない笑顔を浮かべた。

（笑顔が眩しい……）

ノルテは、京町屋をリノベーションした二階建て。京町屋はそもそも間口が狭く、奥に長いのが特徴だけれど、このシェアハウスは庭にあった白壁の蔵も繋げたため、さらに長い。

玄関を入ると、奥へと細い廊下が続く。左手側の三つの引き戸は、納戸とシャワールームとお風呂。そこを過ぎると、二口コンロとシンクのアイランドキッチンが二つ並び、その背後に大きな収納と作業台。大型冷蔵庫。その正面は広めのダイニング。伊織はいつもここで、あやかしたちの相談を受けている。

そのダイニングの向かいが、一〇一号室。十畳弱ある――このシェアハウスで一番広い部屋。ここが、管理人の――つまり琴子の部屋だ。

キッチンを抜けてさらに奥へ進むと、白壁の蔵を改装した天井高のリビング。その隣にはランドリールーム。ランドリールームを抜けたところに、トイレが三つある。

ダイニングから二階に上がれて、そこには六つの部屋が。広さは五畳から六畳。見れば見るほど、素敵なシェアハウスだった。――あやかしさえいなければ。

管理人としての仕事は、大きく三つ。

一、入居者の専有部分以外（玄関前・坪庭《つぼにわ》も含む）の清掃。

二、入居者の食事の用意と、それと並行しての家事指導。

三、オーナー不在時の、来客対応。

『一』はまったく問題ない。綺麗好きで掃除好きの琴子にとって、それはつらい仕事でもなんでもなかった。あやかしがそのへんをウロチョロしなければ。

ノルテはあくまでシェアハウス。下宿ではないため、『二』についてはただ琴子が食事を作ればいいという話ではなく、入居者に料理を教えるのが大きな目的の一つとなっている。そのため、ほかの者が簡単な調理ができるようになってきたところで、一部分担制にしてもいいのだそうだ。

そしてこれも、ほとんど問題なかった。料理上手とは言わないが、小さいころから手伝いはしていたし、大学生活の四年間は節約のためにしっかり自炊していたため、恥ずかしくない程度のことはできたからだ。

問題なのは、『三』の来客対応だ。オーナーである伊織を訪ねてくるモノは八割があやかしだという。どんなに人間離れした恐ろしい見た目をしていても、お客はお客。悲鳴を上げるなんて失礼をするわけにはいかない。相当な精神力が必要だった。

シェアハウスで働くことが決まってから、五日。仕事関係の手続きや簡単な研修、そして転居関係の手続きに引っ越し準備、諸々の確認事項のため、ほぼ毎日、琴子はこちらに顔を出していたけれど——おそらく気を遣ってくれたのだろう。その際には入居者以外のあやかしを見ることはなかった。しかし、今後はそうはいかない。

従業員として、オーナーの行動を邪魔するわけにはいかないのはもちろんのこと、逃げ回っているだけでは、力をコントロールする術を身につけることなどできない。琴子自身のためにも、あやかしに慣れることは必須だった。

「琴子ちゃん、もうお昼ご飯作ってもうた？」

陽太にすらちゃんと笑いかけられない自分を不甲斐なく思いつつ、頑張らなきゃと決意を新たにしていると、伊織がふと気づいたように壁の時計を見上げて言う。

「え？　いいえ。指示を仰いでからのほうがいいかと思ったので」

「それやったら、せっかくやし引っ越しそば食べに行かへん？」

「引っ越しそば……ですか？」

思わず目をぱちくりさせてしまう。引っ越しそばって、食べるものだったっけ？

同じことを思ったのか、寧々が「引っ越しそばって配るものじゃなかった～？」と首を傾げる。

「もとはそうやね。そやけど現在では、引っ越し先でそばを食べるって認識のほうが一般的なんや。本人が新居で食べたり、引っ越しを手伝ってくれた人に振る舞ったり、これからお世話になりますて意味を込めて、近所のお店に食べに行ったり」

「へぇ？　そうなの？」

「もちろん、その風習が完全に廃《すた》れたわけやないけど、ほんでもやっぱり引っ越しの時の挨拶品は、今は実用品のほうが好まれとるね」

そう言って、琴子に視線を戻してにっこり。

「坂を少し下ったところにある『ふた葉』さんは、そろそろ創業九十年にならはる、老舗のおうどん屋さんやねん。美味しい上にお安い。ええお店やよ。ご馳走するし、行かへん？」

「……じゃあ……」

おずおずと頷くと、陽太がはいはいと元気よく手を上げる。

「はい！　オレ、オレ、かつ丼と親子丼とカレー肉丼！」

「えっ……？」

「……相変わらず、ぎょうさん食いよるねぇ。引っ越しそばや言うたやろ？　せめて一品はおそばかおうどんにしとき」

「あ、そっか。じゃあ、えーっと、えーっと……」

「では、我はたぬきうどんにするか」

久遠が肩にかかる白銀の髪を、実に優雅な仕草で払う。すると、その姿がたちまち変わる。はじめて見た時と同じ——人に化けた姿だ。

「……一緒に来るんですか？」

「むしろ、なぜ来ないと思った。手伝ってやったろうに」

ムッと眉を寄せた久遠の背をポンポンと叩いて、伊織が寧々に視線を戻す。

「寧々は、行かへんやろ？」

「うん。アタシはコレで充分。もう少し寝たいし～」

嬉しそうにお味噌汁を啜《すす》りながら、ひらひらと手を振る。

琴子は寧々にペコッと頭を下げ、「ほな、行こか～」と歩き出した伊織に続いた。

「久々に、にしんそばが食べたいです。ありますか？」

「もちろん、あるよ。京都といえばにしんそば。定番中の定番やし。ああ、ここらで昔から愛されとる一品としては、『花まき』いうもんもあるで」

「花まき……ですか？」

「京都といえば、たぬきうどんも『ならでは』だと思うぞ」

先に玄関を出た久遠が、振り返って言う。琴子は靴を履きながら、眉を寄せた。

「たぬきうどんって……全国的にあるんじゃないんですか？　天かすが入ったうどんでしょう？」

「違う」

「え……？」

「ああ、そうか。琴子ちゃん、出身は愛知やったっけ？　京都で『たぬき』言うたら、お揚げさんにあんかけなんよ」

「えっ!?　そうなんですか!?」

「甘辛～いお揚げさんの炊いたんと、生姜が利いたとろっとろのお出汁が絶妙やで。さっき言うた花まきは、西陣織りが盛んだったころ、西陣の旦那衆が上七軒でお座敷遊びをした帰りにお茶漬け代わりに食べとったもんで、具は炙《あぶ》った海苔とほうれん草。山葵《わさび》でいただく、さっぱりしたもんやねん」

寧々が「もう一度寝る」と言ったからだろう。きっちり鍵をかけて、伊織が微笑む。

「どっちもおすすめやで。まぁ、あのお店のメニューはすべておすすめやけど、京都らしさ、上七軒らしさを求めるなら、それらがええと思うわ」

「うわ～。迷いますね……」

聞いているだけで、わくわくしてしまう。

「またおいおい、このあたりのお店のこと教えたるな？　美味しいお店がぎょうさんあんねん」

「食べるものにこだわり抜く伊織さんからの情報は、とても嬉しいです」

その店は、間違いなく美味しいから。

その言葉に、隣を歩く伊織が「いやいや」と笑う。

「こだわり抜くやなんて。そうでもあらへんよ」

「……あれだけの『絶対に切らしたらあかんリスト』と『絶対にこれはこの店でしか買《こ》うたらあかんリスト』を作らせておいて、よく言いますね」

『絶対に切らしたらあかんリスト』と、『絶対にこれはこの店でしか買うたらあかんリスト』は、シェアハウスでご飯を食べることも多い伊織が、『最重要事項』として琴子に『必ず守るように』と申し渡したもの。

必ず常備していなくてはならないものは、漬けもの、佃煮などの炊きものだけで、二十種を超える。それも、すべて購入店まで指定されている。

ほとんどの漬けものに関しては、昭和三十七年創業——上七軒にもその店舗がある『京つけもの　もり』さんでなくてはいけない。

歴史ある『京の台所』——錦小路《にしきこうじ》にて創業六十余年の『京こんぶ　千波』さんの、『ラー油きくらげ』と『青唐きざみ』と『きゃらぶき』と『しば漬昆布』と『おやじなかせ』は絶対に切らしてはいけない。ちなみに『ラー油きくらげ』は、きくらげの中華風佃煮。甘辛い味付けにコリコリとした食感とラー油のピリ辛が絶妙な美味しさなのだそうだ。『おやじなかせ』は「おやじが泣くほど旨い！」という、かつお梅の塩昆布。どれもこれも伊織の大好物なのだそうで、「切らしたら、僕は琴子ちゃんが泣くまでニコニコするで。覚えといてな？」とにっこり笑顔で脅された。『泣くまでニコニコする』の意味はまったくわからなかったけれど、すさまじく恐ろしいことが起こるということだけはわかったので、絶対に切らすものかと心に刻み込んだ。

そのほかにも、豆腐を買うのは、明治三十年創業、北野天満宮前にも店舗がある『とようけ屋山本』さんでなくては駄目。

珈琲豆を買うのは、昭和二十七年に京都で珈琲作りをはじめた『小川珈琲』さんでなくては駄目。

エトセトラ。エトセトラ。

すべてあわせると、その項目は百をゆうに超える。

それで、「こだわり抜いてなどいない」なんて、よく言ったものだと思う。

ちなみにそれだけではない。実は、和食のイメージの強い京都だが、パンと珈琲の消費量が全国一位。伊織も朝は絶対にパンに珈琲なのだそうで、「僕が泊まった日の朝食は、絶対にパンと珈琲でお願いな？」と言われている。そして、もちろんパンもその種類ごとに買うお店がしっかりと決まっている。

作ったリストを読み返して、面倒臭い男だなと思ったのは、絶対に内緒。

「え？　あれぐらい普通やと思うけど？」

——本気で言っているのだろうか。

眉を寄せると、伊織が「そないにおかしなこと言うてる？」と首を傾げる。

「どうせ口に入れるなら、美味しいもんのほうがええやん？」

「それだと、美味しければなんでもいいってなりませんか？」

「そのとおりや。美味しければなんでもええんよ。美味しければ、な？　ただ、僕が心の底から美味しいと思うもんは、そんじょそこらにあるもんと違うねん。そやから、これを買うといてってあらかじめ言うてるだけや。せっかく買うてきてもろたもんに『不味い』て文句つけることなんか、ほら……僕、気ぃ弱いからできひんし」

上品に口もとを隠して、伊織がクスクス笑う。

「……まったく。どのツラ下げて言ってるんだかな」

久遠がやれやれと息をつく。

これぱっかりは、全面的に同意だった。

「馬鹿なこと言ってないで、入るぞ」

そこには、時代の流れを感じさせる風情あるお店が。風に揺れる看板提灯とのれんが実にいい味を出している。

「……！　あ、いい匂い……」

外にまで、お出汁の香りが漂っている。

「ほな、食べよか」

伊織が、カラカラと硝子引き戸を開ける。

琴子はわくわくしながら、そのあとに続いた。

◇＊◇

「……伊織さんは、事前に説明するってことを覚えてください」

呆然としたまま呟くと、伊織が「え？　僕、なんやしてもうた？」と首を傾げる。

実に白々しい。

目の前には、和の文化の神髄とも呼べる美しい数寄屋《すきや》門。飴色に染まった古い木の趣がたまらない。日本瓦の重厚な屋根。格子欄間には魔除けのお守り。引き違い格子戸の向こうには、実に見事な枝ぶりの松の木が印象的な日本庭園が。

どこかから、ししおどしの音が聞こえる。

お屋敷だ。どこからどう見ても、お屋敷だ。これぞ『お屋敷』と呼ぶにふさわしい、お屋敷だ。

「……ものすごく軽い調子で『これからちょっと用事があるんやけど、琴子ちゃん、つきおうてくれへん？』なんて言うから、てっきりスーパーにでも行くのかと……」

「え？　買いものに行くんなら、おともは陽太にしとるよ。女の子に荷物持ちなんてさせられへんやろ？　とはいえ、僕も重い荷物持つんは嫌やし」

「こ、このあたりの案内も兼ねてってこともあるかもしれないじゃないですか」

「そん時は、そう言うよ」

「だったら！　お屋敷を訪問する時も、そう言ってくださいって言ってるんです！」

つゆほども悪びれる様子がない伊織に、思わず叫んでしまう。

「わ、私、よれよれの長そでTシャツにGパン姿なんですよ!?　さっきまで引っ越し作業中だったから……！」

人さまのお宅を――それもこんなお屋敷を訪問していいかっこうでは、断じてない。

「おそば屋さんはＯＫやのに、誰かのお屋敷はあかんの？」

「ＴＰＯって言葉、知ってます⁉」

噛みつくように言うと、何が楽しいのか、伊織がニコニコしながら扇を取り出す。

そしてそれで優雅に口もとを隠すと、さらににっこり。

その腹立つ笑顔に、琴子が眉間のしわをさらに深める。

「知っとる。知っとる。大丈夫やって。琴子ちゃん。そない気にすることあらへんよ。桐生《きりゅう》さんとは、そんな気ぃ使うような仲やあれへんし。もう祖父の時代から……」

「伊織さんはそうかもしれませんけど、私は初対面です！」

さらに言い募ろうとするのをピシャリと遮り、にらみつける。

しかし、琴子の怒りなど伊織はどこ吹く風。楽しそうに笑いながら、キーキー怒る琴子の頭をポンポンと叩く。

「大丈夫やって。僕と琴子ちゃんの仲やし」

「それはこちらのお宅の方々にはまったく関係がないことですし、そもそも私、伊織さんともそんなに仲良くなった覚えはないです！」

つい先日会ったばかりだし。

「そないいけず言わんといてや。寂しいやないの」

「どの口が!? 『車』の件といい、本日二回目ですよ!? わざとですよね!? 絶対にわざとですよね!?」

「いややなぁ。そんなわけあれへんやん。うっかりやって。うっかり」

伊織がクスクス笑いながら、扇で琴子の頭をぺしぺしする。

それにまたイラッとして、伊織をにらみつけた——その時。

「……伊織、さん?」

カラカラと引き戸が開く音とともに、おずおずとした声がする。

琴子はギョッとして背中を弾かせると、慌てて門のほうへと視線を投げた。

美しい数寄屋門の向こう——純和風の玄関の戸から、女性が顔を出している。

年齢は、五十歳半ばといったところだろうか? 少し疲れた様子はあったものの、所作がとても優美な、品のある女性——。薄縹の着物がとてもよくお似合いだった。

伊織が軽く頭を下げると、女性はひどくほっとした様子で微笑んだ。

「ああ、伊織さん。来てくれはったん」

そう言いながら、女性がこちらに駆け寄ってくる。

「そら、もちろん。桐生さんのお呼びとあれば、すぐにでも駆けつけますわ」

「おおきに。伊織さん。ああ、これで治まるとええんやけど……」

桐生と呼ばれた女性が胸を撫で下ろしながら言って——それからふと、琴子を見る。

その不思議そうな表情に、琴子は慌てて頭を下げた。

「す、すみません。こんなかっこうで。わ、私……」

「うちでしばらく面倒を見ることになった子です。目がええ子で、もしかしてお役に立てるかもと思いまして」

その言葉に、ポカンとして伊織を見上げる。一体なんのことだろう？

「ああ、そうなん？」

桐生が縋《すが》るような眼差しで琴子を見る。

そのまま両手で包み込むように手を握り締められて、琴子はさらに目を見開いた。

「お願いしてもよろしい？　ほんまに怖ぁて」

「こ、怖い……？」

「そうなんよ。先月の中ごろに、父が高熱で倒れてしもて。今も入院中なんやけど、なんぼ検査しても原因がわからへんのよ。それだけやったら、父ももう高齢やし別に変なことあれへんのやけど……」

桐生が、「さぁ、入って」と琴子の手を引く。

「……それだけじゃなかったということですか？」

「そやねん。次に、母が。次に、息子が三人とも。長男と次男は結婚しとるんやけど、お嫁さんたちも。今月に入って、介護老人ホームに入ってはる祖母も。ついに昨日、一番小さい孫も。去年生まれたばっかりの子やねん」

「え……？」

思わず、目を見開く。

「夫も今朝、なんや調子が悪そうやったわ。今朝の段階では熱はなかったし、仕事に行きよったけど……。ほかの孫たちもまだ元気そうやけど、それもいつまでもつか」

「全員、原因不明なんですか？」

「そやねん。気味悪いやろ？　もううち、怖ぁて怖ぁて」

桐生が身を震わせながら、玄関を開ける。

「ッ――！」

ゾッと背中を冷たいものが走り抜ける。

と同時に、隣で伊織もまた息を呑む。

「そやから、伊織さんに……って……え……？」

桐生がそんな二人を振り返り、ひどく不安そうに視線を揺らした。

「何……？」

「──こら、あかん」

伊織が綺麗な眉をひそめて、扇で口もとを隠す。

「ずいぶんと溜め込んではるわ」

「た、溜め……？」

何が見えているのかと言わんばかりに、桐生があたりを見回す。

「……琴子ちゃん。君には、どう見えとる？」

「……黒く」

それだけ言って、琴子はTシャツの胸もとを握り締めた。

ひどく、気分が悪かった。

「黒い霧に覆われてる感じです。家の中すべてが、黒く霞んでます」

「え、ええっ!?」

桐生がサッと顔色を変える。

「伊織さんは……」

「僕も似たようなもんや。日の光が一切入ってへんみたいに、暗い」

そう言って、難しい顔をしたまま息をつく。琴子はゴクリと息を呑んだ。

「こ、これって、あやかしか何かが……？」

「いや、これは『悪い運気』みたいなもんや。大したものやないよ。ただ……」

そこで言葉を切り、不安そうな桐生を見て苦笑する。

「それでもこれだけよどめば、影響が出て当然や思いますわ。すぐに祓わせてもらいます」

祓う――？

目を丸くする琴子の前で、伊織は日本酒と塩、盃と小皿を用意するようにと指示。

桐生が中へ入ってゆく。

その背中を見送って、琴子は慌てて伊織の袖を引っ張った。

「は、祓うって……伊織さん、できるんですか？」

「あれ？　僕はこういう相談にのっとるって言うたやろ？」

「そ、それはそうですけど、でも……」

『相談にのる』と『お祓いをする』は、必ずしもイコールではない。

神さまやあやかしについての知識が豊富にあり、理解もあるため、そちらの関係で悩んでいる人たちの話を聞いてあげている――程度の認識だった。

「そこ、繋がってませんでした……」

「そうなん？　まぁ、そやね。こういうのんはなかなか人には話されへんことやし、聞いてあげるだけでも助けになるんやろけどね」

伊織が袖口を探りながら「そやけど、ある程度解決できるからこそ、みなさん僕を頼ってくれはるんよ」と笑う。

「ある程度……解決できるから……」

「そや。とりあえず、琴子ちゃんにはこれな？」

袖口から取り出した、小さなちりめん細工の巾着を差し出す。

青紫に、色鮮やかな春の草花が描かれた華やかなもの。手に収まるサイズで、とても可愛い。

「香り袋……？」

「そや。魔除けにな？　とりあえず僕のんやけど……今度、琴子ちゃんにもプレゼントさせてもらうわ」

そっと鼻に近づけると、白檀《びゃくだん》の上品なよい香りがする。

「悪しきモノはいい香りを嫌うもんなんよ。まぁ、あやかしには効果あれへんことも多いんやけど……。今回はしっかり効く思うから、それをしっかり握っとき」

伊織はそう言って笑うと、扇で口もとを隠して玄関の中へと入った。

「琴子ちゃん。黒い霧がひどいんはどこや思う？」

「え？　ええと……」

　すぐさま、左手側を指差す。

「そやね。表座敷や。南西の端の部屋は、居間でしたね？」

戻ってきた桐生にそう確認して、「ほな、お邪魔させてもらいます」と中に上がる。

伊織に続いて、琴子も表座敷へ。

「……！」

玄関も相当だったけれど、こちらは本当にひどい。

障子は開け放たれており、南の広縁の大きな掃き出し窓からはたっぷりと春の光が差し込んでいるにもかかわらず、室内はひどく暗い。――黒い。

黒く霞んで、八畳間なのに、部屋の全貌が視認できない。

「原因の場所、わかる？」

無言のまま頷き、指差す。

テレビ台――だと思う。その上に、ぼんやりとしたテレビの輪郭が確認できるから。

その左側の引き出し。あの中にあるもの。

「――正解や」

テレビ台らしきものの前に膝をつき、伊織が桐生を見上げる。

「開けても？」

「も、もちろん」

不安なのか、ひどくそわそわしながら桐生が頷く。

たった数歩の距離にいるのに、もう桐生の響の色が定かではない。琴子は手の中の香り袋を強く握り締めた。

「――ああ、これやね」

伊織が黒い靄《もや》の塊のようなものを取り出し、座卓の上に置く。

「……！　爪切りが……？」

その言葉に、思わずポカンとしてしまう。

（爪切り……？　これ、爪切りなの？）

爪切りなど、見えない。黒い靄しか。

「そうです。身切りするもんは、どうしても悪いもんが溜まりやすい」

座卓の上の黒い靄の前に正座し、伊織が姿勢を正す。

「桐生さん、日本酒を盃に入れてくれます？　そして、塩を少し小皿に入れたものを四つ用意してください」

「お酒、瓶から直接で構へん？」

「構いません。そしたら、少し下がって座っとってください。琴子ちゃんはそっち。僕の正面に座り」

「あ……は、はい」

黒霧に沈む座卓の位置を手でしっかりと確認し、伊織の前に正座する。

「よう見とるんやで」

そう言って、四つの塩の小皿を黒い靄の塊を囲むように置く。そして盃を受け取り、清酒を口にする。

その盃を黒い靄の前に置き、人差し指と中指で空《くう》を一閃《いっせん》。黒い霧を払う。

そしてその指を、顔の前へ。鼻筋と平行に、指の先は真っ直ぐに天を示す。

「元柱固具《がんちゅうこしん》、八隅八気《はちぐうはっき》、五陽五神《ごようごしん》、陽動二衝厳神《おんみょうにしょうげんしん》、害気《がいき》を攘払《ゆずりはらい》し、四柱神《しちゅうしん》を鎮護《ちんご》し、五神開衢《ごしんかいえい》、悪鬼を逐《はら》い、奇動霊光四隅《きどうれいこうしぐう》に衝徹《しょうてつ》し、元柱固具、安鎮《あんちん》を得んことを慎《つと》みて五陽霊神《れいしん》に願い奉る」

伊織が目を閉じ、何やら唱えはじめる。

読経が似合う、低くて朗々とした声が、室内に響く。

「災禍消除《さいかしょうじょ》、急急如律令《きゅうきゅうにょりつりょう》」

人差し指と中指で、黒い靄の塊を示す。

「臨む兵、闘う者、皆、陣を列《つら》ねて、前を行く」

そして再び、その指で空を一閃する。

舞を舞うかのように優雅なのに、凛として鋭いその仕草に、思わず息を呑む。

瞬間――一気に黒い靄が霧散した。

「ッ……！　えっ……!?」

室内の黒い霧も、強い風でも吹いたかのように流れて、消えてゆく。

黒い霧が薄まるにつれて、室内に日の光が入ってくる。まるで、光が闇を浄化してゆくかのよう。

「三元加持《さんげんかじ》、一切星宿《いっさいせいしゅく》、養我護我《ようがごが》、善星皆来《ぜんせいかいらい》」

伊織がパンパンと手を打つ。

「伏して請願奉る。穢《けが》れを祓い給え。清め給え。祈りを聞き給え。平らけく平らけく。静まり給え」

素早く後ろに下がり、そのままそこで平伏する。

「伏して請願奉る。穢れを祓い給え。清め給え。祈りを聞き給え。平らけく平らけく。静まり給え」

しんと静まり返った室内に、伊織の声だけが響く。

「……ッ……」

伊織の声に応えるかのように、室内の空気がどんどん清浄になってゆくのがわかる。

(す、ごい……)

思わず、見入ってしまう。

(この人……一体何者なの……?)

薄墨まで薄くなった最後の霧の欠片も、霧散して消える。

「……消えた……」

琴子は呆然としたまま、すっかり明るくなった室内を見回した。

昔ながらの重厚な座卓に、伝統的な格子デザインを取り入れた和モダンなテレビ台。同じデザインの茶箪笥に、日当たりのいい広縁のそばには、籐のシングルソファー。和の雰囲気がとても素敵な部屋だった。明るくて、温かくて——そしてとても居心地がいい。先ほどまでが、本当に嘘のよう。

「お、終わったん……?」

桐生がオロオロしながら、琴子が見つめるあたりに目を凝らす。

「——ええ」

伊織がゆっくりと身体を起こし、にっこりと笑った。

「溜まっとったもんは、綺麗さっぱり消えました。もう大丈夫ですわ」

「ほ、ほんまに……？」

「ええ。今日はぬるめのお風呂にお塩とお酒を入れて、ゆっくりと浸かってください。どちらも、量は小さめの湯呑み一杯ぐらいで。桐生さんと旦那さん、お孫さんたちは、それで大丈夫です。倒れはったみなさんの熱もすぐ引くはずやけど、心配なようなら、小さく切った半紙にお塩を一つまみ包んだものを、枕の中に入れたってください」

「お塩を、枕の中に……？」

「はい。中と言うても、ピローケースの中に入れるんで充分です」

その伊織の言葉に、呆然としたままだった琴子はハッとして座卓へと視線を戻した。

「……！　爪切り……？」

塩に四方を囲まれた形で置かれていたのは——和鋏《わばさみ》。いわゆる、握り鋏と呼ばれるものだった。

「爪切り、なんですか……？　糸切り鋏じゃなくて？」

「爪切りやね。この形の爪切りは、確かに今はもうあんまり見かけへんけど……」

伊織がうっとりとした表情で、爪切りを見つめる。

「素晴らしい……職人さんの技が光る一品や」

「それは、祖母のものなんよ。なんや、室町時代から刀鍛冶《かたなかじ》をしてはった老舗の刃物専門店のものらしいわ。それはそれは、大事にしてたんえ。……そやけど、しばらくしまいっぱなしやったわ。よう切れるだけに、子供たちには危ないし……。テコ型の爪切りはやっぱり便利やしね」

「放置されとったんも、悪いもんが溜まらはった原因の一つや思います。素晴らしい道具です。時折使うか、手入れしたってください」

そう言って、伊織がよいしょと立ち上がる。どうやら、お暇《いとま》するようだ。慌てて、琴子も立ち上がる。

「そうさせてもらうわ。伊織さん。ほんまおおきに」

桐生が何度も頭を下げて――それから琴子を見る。

「あなたも。ほんまおおきにね」

「え……？　わ、私は何も……」

思わず顔の前で手を振るも、桐生はその手を捕まえて、ぎゅうっと握り締めた。

「なんや困ったことがあったら、言うてね？　そら、こちら関係のことは無理やけど。それ以外でなんやあったら」

「は、はぁ……」

チラリと伊織を見るも、何やらニコニコしているのみ。

琴子は戸惑いながらも、おずおずと頷いた。

「じゃあ、その時はお願いします……。ええと……」

琴子の問うような視線に、桐生が「ああ、ごめんなさいね」と恥ずかしそうに頬を染める。

「いややわ。自己紹介もせんと。普段はそない礼儀知らずと違うんよ？　かんにんね。うちは桐生紗江子《さえこ》いいます」

「あ……一ノ瀬琴子と申します。本当に、こんなかっこうで申し訳なかったです」

伊織が前もって話してくれてさえいれば、失礼のないかっこうをしたのだけれど。

つまりは完全に不可抗力なので、どうか常識のない娘だと思わないでほしい。

「ほな、お暇しよか。琴子ちゃん。桐生さん、またお困りの際には……」

「あ、待って。伊織さん。お電話の時に、お代金は受け取らへんて言うてはったから、お菓子を用意したんよ」

まだ琴子の手を握り締めていた桐生が少し慌てた様子で、伊織を仰ぎ見る。

「いえ、僕は……」

「これは相談に対するお代金やない。遊びに来てくれはった知り合いへのお土産や。それならええやろ？　四月に入ったから『老松』の『夏柑糖』を用意したんやけど、もらってくれへん？」

「いただきます」

「早……」

伊織の食い気味の返事に、思わずツッコミを入れてしまう。

「ほな、持ってくるわね～」と部屋を出てゆく桐生を笑顔で見送って――冷めた目を伊織に向ける。

「……伊織さん……」

「お土産なら、もらわんと失礼になるやろ？」

具体的な名前が出てくるまでは、それでも断ろうとしていたように見えたけれど？

「……美味しいんですか？」

間髪容れずに手の平を返したということは、そういうことなのだろう。

琴子のジト目に、伊織が「くっ……」と顔を歪める。

「あれは芸術やで。琴子ちゃん。断るなんて、僕にはできひん」

「食べるものにうるさい伊織さんに、そこまで言わせるなんて……」

「上七軒で百余年続く老舗の京菓子屋さんなんよ。そのご先祖さまは、お公家さんの朝廷儀式に使うお菓子を作ってはったんやって」

紙袋を手に、桐生が戻ってくる。今で言う、宮内庁御用達みたいなものだろうか？

「いただきます。はじめてなので、嬉しいです」

「あら、そうなん？　それはよかったわぁ。『夏柑糖』は、純粋種の夏蜜柑の中身を丁寧にくり抜いて、しぼった果汁と寒天を合わせて再び皮の中に注いで冷やし固めた、季節限定の涼菓なんよ。甘夏やない、日本原産の正真正銘の夏蜜柑や」

「甘夏では出せないしっかりした酸味とほろ苦さ。寒天特有の、口の中に入れた瞬間ほろほろとくずれる食感。鼻に抜ける爽やかな香りと、スッキリした後味。ほんまに芸術やから！」

伊織が間髪容れず、紙袋を持つ琴子の手を握る。そして、なんだかものすごく圧を感じる笑顔で「ほかのもんに見つかったらあかんで？　琴子ちゃん。これは僕と琴子ちゃんのもんや。ええな？　二人のもんやで」と念を押す。

「……意地汚いこと言わないでくださいよ」

呆れる琴子の前で――しかし伊織は嬉しさを抑え切れないのか、今度は桐生の手を握って、「おおきに。おおきに。桐生さん」と繰り返す。

「ほんまおおきに。今年はまだ食べてへんかったんよ。楽しませてもらいます」

「お礼を言うんはうちのほうやけど……喜んでもらえてよかったわ」

桐生がクスクスと笑う。

頭を下げると、綺麗な白い手をひらひらと振った。

「ほなね？　琴子ちゃんも。ほんま、今日はおおきに。またいつでも来てね」

◇＊◇

帰り道だから寄って行こうと伊織が言った『釘抜《くぎぬき》地蔵』は、千本通沿いの一角に、ひっそりと佇む小さなお寺だった。

霊験あらたかで、地元の人にはとても有名だという話だったのに、参道への間口は車一台が通れるぐらいしかない上に大きな看板もなくて、うっかり通り過ぎてしまうところだった。

弘法大師・空海が八一九年に創建。正式名は『家隆山光明遍照院石像寺《かりゅうざんこうみょうへんしょういんしゃくぞうじ》』。

遣唐使として唐に渡った空海が、帰国の際に持ち帰った石に自ら地蔵菩薩を彫り、人々の諸悪・諸苦・諸病を救い助けるよう祈願されたのだという。

『釘抜地蔵』と呼ばれる由来は、諸々の苦しみを抜き取ってくださるお地蔵さまから、『苦抜《くぬき》地蔵』と呼ばれるようになり、その後室町時代のある逸話から、『くぬき』がなまり、『くぎぬき』となったのだそうだ。

「逸話？」

「とある大商人さんが両手の痛みに悩んで、苦しみを抜いてくれるて評判の石像寺に願掛けに行ったら、夢の中にお地蔵さまが現れて、『痛みの原因は、前世で藁人形に釘を打ち、人を呪ったせいや』て言うて、大商人さんの手から恨みの釘を二本抜いてくれはったんやって。目覚めたら、どんな治療を施してもなくならへんかった痛みが消えとる。慌てて石像寺に行くと、お地蔵さまの前には血のついた二本の長い釘が。大商人さんは泣いて喜び、百日間のお礼参りをしたそうや」

「へぇ……」

　門を抜けた先も、ほんとうにこぢんまりしている。敷地内を歩くだけなら、一周に三分もかからないだろう。お手水《ちょうず》も、二人が横に並んだらいっぱいいっぱいだった。参道の正面に本堂。その隣には授与所。左手前には屋根付きの休憩所。畳が敷いてあって、お茶と湯のみが用意されている。なんともアットホームな感じだった。

「………」

満開の枝垂《しだ》れ八重桜が、ざわりと風に枝を揺らす。

「抜苦与楽《ばっくよらく》。仏さんが衆生《しゅじょう》の苦しみを抜いて、人々に福楽を与えてくれはることや。ここはそういうお寺なんよ。な？　力強うて、しっかり抜いてくれそうやろ？」

本堂の前にある変わった形のモニュメントを手で示して、伊織がにっこりと笑う。

それを見て、琴子は思わず首を傾げた。

「……ええと？　もしかして、これが釘抜きなんですか？　あれ？　釘抜きって私、バールのようなものをイメージしてたんですけど。これってアレじゃないですか？　閻魔さまが嘘吐きの舌を抜く時の道具」

「やっとこのこと？　やっとこって釘抜きやんか」

「えっ⁉　そうなんですか⁉」

知らなかった。まじまじと、釘抜きの像を見つめる。

確かに、どんな強固な釘でも抜けそうだった。

「お地蔵さまの霊験が、類を見ないほどあらたかなだけやない。ここのご住職さんは、寺を訪れる多くの方のために、臨床心理士の資格まで取らはったんや。その心を　癒やすために。そやから、さまざまな人が相談に訪れるんや」

「……！　カウンセリングを……？」

「そうや。人と仏さまの二段構えで、苦しみを抜いてくれはるんや。すごいやろ？」

素直に頷くと、琴子を見つめる瞳が、さらに優しくなる。

「琴子ちゃんのそれは、なかなか人には話されへん悩みやけど……」

「……！」

ハッとして身を震わせた瞬間、伊織の大きな手がポンポンと琴子の頭を叩く。

「そやけどいつか話せるようになると思うし、わかってもらえる日もくると思うわ」

「……っ……」

その優しさに、温かさに、胸がギュッと締めつけられる。

「……気づいてたんですね」

両親が口にした数々の言葉に、傷ついていたこと。

『どうして、私がこんな目にあわなくちゃいけないのか』――三ヶ月以上考え続けた
それが、昨日の両親との電話で、また心の中をぐるぐるしていたこと。

先ほど見た黒い靄のようなものが、今日もずっと琴子の心に暗い影を落としていた。

表には出さないようにしていたつもりだったけれど……。

「まぁ、見えることに悩む人は、必ずその問題にもぶち当たるもんやしね」

琴子の気持ちをなだめるように、さらにポンポンしながら、伊織が言う。

「親御さんの気持ちもわかるんよ？　輝かしい社会人デビューを果たしたと思たら、わずか数日で辞めてもうた上、急にシェアハウスの住み込み管理人をはじめるなんて聞かされたら、そら心配するよ。理由も訊いても言わへんし。何やっとんねんぐらい言いたなるよ。大事な娘なんやから」

「……そうですね」

「……そやけど、何も言われへん琴子ちゃんの気持ちのほうが、僕はわかる。普通は言われへんよ。あやかしが見えるようになったやなんて、それに追いかけ回されとるやなんて。頭おかしなったと思われるのが関の山や。何を言われるかわからへん」

そっと息をついて、伊織が八重桜を見上げる。それに誘われるように、琴子もまた桜を見つめる。

ソメイヨシノよりも濃いピンクが、澄んだ空色に映える。

その美しさに、またじくりと胸が疼《うず》く。

「仮に理由を正直に言うたところで、親御さんの心配は深まるばかりやろうしな？いや、心配ならまだええよ。今言うたとおり、『見えない』人にとっては、神さまやあやかしは『実際には存在しないもの』でしかない。そやから――『見えない』人が『見える』人を理解するんは難しい。認識しとる『世界』がまず違うんやから」

大きくて優しくて温かな手が、またよしよしと琴子の頭を撫でる。

「理由を話さへんことに、罪悪感を持ったらあかんで？　琴子ちゃん。簡単に理解を得られることやないんやから。慎重になるんは当たり前や。傷つくんは、信じてもらわれへんほう。理解してもらわれへんほうなんやから」

「…………」

「今一番しんどいんは、琴子ちゃんやもんな。あやかしのことだけでも大変やのに、その苦しみもつらさも知らんと、気味悪がられたり、嘘吐き呼ばわりでもされたら、立ち直れんわ」

「……っ……」

そのとおりだ。今は、これ以上の痛みを抱えたくない。

好きでこんな風になったわけじゃない。『普通』でありたい、『普通』に戻りたいと誰よりも願っているのは、琴子自身だ。

だからこそ、『異質』であることで否定されたら、拒絶されたら、嫌悪されたら。

そう思うと、怖くてたまらない。伊織の言うとおり、そんな痛みには耐えられる気がしない。それぐらいなら、すべてに口を噤《つぐ》んで、『仕事に対する認識がいいかげん』、『社会を甘く考えている』と思われていたほうがマシだ。

敵は、あやかしだけでいい。親にまで傷つけられたくない。

もちろん、両親には申し訳ないと思っている。それでも——今は自分を守ることで精一杯だ。両親の気持ちまで考える余裕なんてない。

そんな自分に、昨日今日と、自己嫌悪を深めていたのだけれど——しかし伊織は、その気持ちがわかると言い、しかもそれでいいと言う。

その言葉に、甘えてしまってはいけないとわかっているけれど——。

「……そやけど、琴子ちゃんが『見える』ことを知っても、気味悪がったり、嘘吐き呼ばわりしたり、離れてったりせえへん人もいてる。大勢が理解してくれへんくても、そういう人はちゃあんといてる。桐生さんみたいに」

黙って唇を噛み締める琴子を労《いた》わるように、伊織が優しく言う。

「そういう味方を、少しずつ増やしてったらええと思う。そうしたら、親御さんにもいつか話せる日が来るよ。理解してもらえる日が来る。わかりあえる日もや」

「……っ……」

「大丈夫。まだまだ先は長いんやから」

何度も何度も「大丈夫」と繰り返す。優しく、穏やかに。まるで噛んで含めるかのように。

大丈夫だ。急がなくていい。すべて一気に片付けようとしなくていい。

少しずつでいい。ゆっくりでいい。一つずつ、解決していこうと――。

（ああ……）

ひらひらくるり。春の風に、花弁が音もなく舞い踊る。

花は散りぎわと言うけれど――その儚い美しさに、切なさが募る。

心の中の釘はまだ抜けない。苦しくて、悲しくて、やるせない。

それでも、伊織の優しさに、少しだけ心が軽くなる。

琴子はホッと息をついて、傍らの伊織を見上げた。

「もしかして、そのために、私を桐生さんのところに連れていったんですか……？」

「もちろん、それもあるけど……。一番は、琴子ちゃんの目に何がどう見えとるのか知りたかったいうんもあるかな」

「何が、どう見えているか……？」

「ざっくり言うと、見えとるのはあやかしだけなんかどうか」

「え……？　見えているのがあやかしだけなのかどうか……ですか？」

思わず、目をぱちくりさせてしまう。

予想だにしていなかった言葉だった。

「そや。あやかしが発する瘴気《しょうき》のようなものや、さっきの悪い『気』もそうや。あと幽霊なんかも。とにかくあやかし以外の『不思議』やな。琴子ちゃんの『見る』力がどういった類のもんなんかをまずは知らんと。消すためにも。コントロールする術を身につけるためにも。まずは、知る。鉄則や」

「あ……」

言われてみれば、道理だった。普通の病気だって、まずはそれがなんなのか、一体どういう病気なのか——病院でちゃんと調べてからでなければ、治療できない。

「何か、わかりましたか……？」

おずおずと聞くと、伊織が頷く。

「そうやね……。いろいろと」

「そう……ですか……」

「あやかしだけが見えとるんなら……そう思っとったけど……」

揺れる枝垂れ八重桜が織り成すピンクのカーテンを見つめて、伊織がポツリと言う。

口もとから笑みが消え、涼しげな目が一瞬ゾクリとするほどの鋭さを孕《はら》む。

その横顔に、思わず息を呑む——しかしそれは一瞬のこと。伊織はすぐに琴子に視線を戻すと、にっこりといつもの綺麗な笑顔を浮かべた。

「まぁ、それはお兄さんに任せとき。さ、お参りしよ」

「え……？　ええと……」

今の表情はなんだったのだろう？

気になるけれど――なんだか訊ける雰囲気でもない。

――仕方ない。琴子は小さく肩をすくめた。伊織が言わないということは、琴子が今知る必要がないことなのだろう。焦っても何もならない。信じて待つしかない。

琴子は頷き、伊織に続いて本堂へと向かった。

「琴子ちゃんの心の釘もいつか抜けますように」

◇＊◇

「これはこれは……凄いところやねぇ……」

翌日――。琴子は、伊織と久遠とともに、自然に囲まれた美しい霊園に来ていた。

昨日、釘抜地蔵から帰ったあと、伊織に『見えるようになった日の前日と前々日の行動を思い出せるかぎり紙に書いてくれる？』と言われ、素直にそれを提出すると、前日の『祖母のお墓参り』を指差し、「これ、どこ？」と訊かれたからだった。

自然豊かな山の中にある——樹木葬の永代供養墓地。眺めも抜群だ。

「僕、実は樹木葬の墓地には、はじめて来たんやけど……」

八角形の花壇に囲まれた桜の木が、十本ずつ三列——整然と並んでいる。

周りは美しい石畳となっていて、あちこちにベンチも設置されていて、パッと見は綺麗な公園だった。

しかし、八角形の花壇の中は花ではなく芝が敷き詰められ、さまざまな文字が刻まれた御影石のプレートが並んでいる。その下にお骨が納められている形だ。

ソメイヨシノはもう終わりかけだけれど、そのせいか風が吹くたびに薄紅がまるで雪のように降り注ぐ。

「……ッ……」

琴子はガタガタ震えながら、久遠の背中にしがみついた。

「お祖母さんのお墓はどこ——て、訊く必要はないねぇ」

「そうだな。あれではな」

久遠が肩をすくめる。そして肩越しにチラリと琴子を一瞥《いちべつ》すると、再度息をついて変化《へんげ》を解いた。短い黒髪が瞬く間に伸びて、美しく流れるような白銀のそれに代わり、九本のモフモフが琴子を包み込む。

「案ずるな。悪いものではない」

「っ……。で、でも……」

モフモフの尻尾を抱き締め、おそるおそる祖母のお墓を見る。

一本だけ満開の桜。見えるのは、それだけだ。おかしなものは何もないはずだ。

けれど――。

「……ッ……」

見ていられなくて、ふたたび久遠の背に隠れる。

なぜだろう? 直視できない。ひどい圧迫感がある。震えるほどの、存在感。

怖い。あの桜が、とても怖い――。

「大丈夫やで。琴子ちゃん。ほんまに悪いもんと違うから。そやけど、今はあんまり近寄らんほうがええかな。こっちおいで」

伊織がニコニコしながら、両手を広げる。

「久遠は、あの桜に近寄らなあかんから」

「……ひ、一人で立てます」

「遠慮せんと。アラサーになると、合法的に若い子を抱き締められるチャンスなんてそうそうあれへんのやから。その機会をお兄さんから奪わんとって?」

（それを聞いて、飛び込めるわけがない……）

　そうは思えど、直後にモフモフが離れていってしまって――あまりの心もとなさに伊織の腕の中に逃げ込んでしまう。

「ん。ん。素直でよろしい。無理はせんほうがええ」

　伊織はポンポンと琴子の背中を叩くと、久遠に視線を戻した。

「できれば、桜を傷つけたくないんやけど……できそう？」

「造作もない。ほかに人もおらんしな。――ああ、だが、これは散るぞ？」

　息を呑むほどに美しく咲き誇る桜を指で示して、久遠が伊織を振り返る。

「一本だけ狂い咲いておるのは、それのせいだからな」

「それは構わへんよ。来年、正しく咲くなら」

「それは大丈夫だ。では――」

　桜の前に立ち、久遠がパンと柏手を打つ。音の反響が消えるのを待って、また打つ。

　ゆっくりと。全部で十二回。

「ひふみ　よいむなや　こともちろらね　しきる　ゆいつわぬ　そをたはくめか　うおえ　にさりへて　のますあせゑほれけ」

　不思議な呪文のようなものを朗々と唱え、また柏手を打つ。

「あれは、ひふみ祝詞《のりと》というもんや。濁音や半濁音を除いた四十七音の清音を一音も重ならんように使《つこ》て祝詞にしたもの。古くから、もっとも浄化力の高い祝詞や」

琴子を抱きしめたまま、伊織が教えてくれる。

「古代ヘブライ語に訳すと、祈禱《きとう》文になる。天岩戸《あまのいわと》に隠れた天照大神《あまてらすおおみかみ》を呼び出す祈禱文や。神さまに出て来ていただくには、これ以上のもんはない」

「……！　神さま？」

「そや。あの桜の中にいてるんは、神さまや。ご神体として神社に納められとってもおかしくない――いや、本来はそうあるべきものや」

その言葉と同時に、桜が強く輝く。琴子はビクッと身を弾かせ、そちらを見た。

視線の先で、久遠が両手を差し出し、深々と頭を下げる。

「琴子ちゃんも、今は直視したらあかん。頭下げて」

伊織が小さな声で言う。琴子は慌てて顔を伏せた。

強烈な光が、久遠を――琴子たちを照らす。顔を伏せていても眩しくて、固く目を閉じる。

そのまま一分、二分――。「もうよいぞ」という久遠の声に、琴子はおそるおそる目蓋を持ち上げた。

「――鏡だ。お前の一族が探していたものだろう」

いつの間にかそばに来ていた久遠が、二人の前に平安鏡を差し出す。

神社や博物館などで見る、青銅製の『和鏡』。直径は二十センチ強。とても重そうだった。

あのひどい圧迫感はない。けれど――やはりゾクゾクするほどの凄みがあった。

「ああ、そうや……。『貴人《きじん》』や……」

伊織が琴子をそっと離して、袖口から風呂敷を取り出す。そして、それを広げると、恭《うやうや》しく鏡を受け取った。

「ようやっと会えた……」

彫り込まれた意匠を指でそっと撫で、うっとりと目を細める。

「相も変わらず、凄まじい力よの。『十二天将《じゅうにてんしょう》』は」

「じゅうに、てんしょう？　……ってなんですか？」

久遠の尻尾の一つを抱き締めて、おそるおそる問う。

それに答えたのは、久遠だった。ほかの尻尾で琴子の顔や頭をモフモフしながら、なんだかホッとした様子で息をつく。

「かつて安倍晴明《あべのせいめい》に仕えた最強の式神《しきがみ》――十二の神の総称だ」

「安倍……晴明？」

「そうだ。この魔都京都の守護にはなくてはならないものだったと聞いている。だが、十二天将ほどの強い神を従えられる者は、そうそういるものではない」

「そう。自分が死んだら、主従関係は解消されてまう。十二天将を継げるほどの力を持つ者はおらん。おそらく神は、この地を去ってまうやろう。そやけど、京の守護に、十二の神の力は欠かせへん。そやから、安倍晴明は十二天将の力を封じた神器を遺すことにしたんよ」

「しんき、ですか？」

「そう。神の器。十二天将の力を、六つの剣と六つの鏡にわけてもろたんよ」

和鏡を丁寧に風呂敷に包みながら、伊織が頷く。

「これがそのうちの一つ。十二天将が一、北東を司《つかさど》る吉将――貴人の力を封じた鏡。貴人は、天乙《てんおつ》貴人とも呼ばれる。十二天将の中の主神や」

シュッと音を立てて風呂敷を縛り、その包みをひどく大事そうに胸に抱く。

「これらは、京都を守護するものとして、代々安倍氏に受け継がれるはずやった」

「はず？　そうはならなかったってことですか？」

「そうやね。剣と鏡の『十二天将』は、突然消えてしまったんよ」

「どうして……」

「……それはわからへんのよ。伝わってへんから。盗まれたんか、なんなんか……。とにかく、あるべき場所から消えてもうた。失われてもうたんよ」

包みを抱える手に、少しだけ力がこもる。

「僕の一族は、大昔から――これを探しとったんよ。なんとか、剣二振りに鏡三枚は見つけることができた。これが四枚目。ああ、なんとか半分取り戻した……」

「…………」

ひどく安堵した様子の伊織に、琴子は思わず眉をひそめた。

(伊織さんって、本当に何者なんだろう……?)

神さまやあやかしに詳しくて、存在が危ういあやかしの相談にのっていて、そしてあやかしを含む『不思議』に悩む人たちの相談にものっていて、お祓いまでできて、京都の守護に必要な『安倍晴明の遺品』を集めている――。

その様子から、地元ではどうやらかなり顔がきくようだ。古くからの知り合いも、とても多そうで……。

(あのシェアハウスの経営だけで生活していけるわけないけど、かといってどこかに勤めてる様子はないし……)

けれど、それは訊いてもいいものなのだろうか？

琴子は少し考え、まったく別の質問を口にした。

「どうして、それがここにあると思ったんですか？」

「いや、これがあると思っとったわけやないよ。琴子ちゃんに影響を及ぼした何かがあることは予想しとったけど。強い、強い、何かが……」

「……！　もしかして、それって……」

ハッと息を呑む。そんな琴子を見つめて、伊織は大きく頷いた。

「そや。琴子ちゃんが『見える』ようになった『原因』やな」

「この娘には、もともと才があったのだろう。それがコレの神気《しんき》に当てられて、一気に目覚めてしまったというところではないのか？」

尻尾で琴子の頭をポフポフしながら、久遠が言う。伊織は頷いた。

「さすがは久遠やな。僕もそう思ったんよ。何かから偶然授かってしもた力にしては、琴子ちゃんのそれには偏《かたよ》りが一切あれへんかった。そやから、何かから力をもらってしもたんやのうて、もともと持っとった力が目覚めたんやないかと思うたんや」

「偏りって……」

昨日の、伊織の言葉を思い出す。

「もしかして、あやかしだけが見えてるならっていう……？」

「そう。あやかしからもろうてしもた力は、普通はあやかしにのみ作用するもんや。そやけど琴子ちゃん、幽霊なんかも全部見えとるんやろ？　あやかしのことばっかり言うとったから、最初はあやかしだけなんか思ってたけど……」

「……めちゃくちゃはっきり見えるので、普通の人との区別があまりついてないっていうのもありますけど、幽霊は基本放っておいてくれますもん」

琴子を追いかけてきたりなど、絶対にしない。

こちらが関わろうとしなければ、向こうからも関わってこない。

「なので、そっちはすぐに慣れちゃったんです」

「そうなん？　まぁ、とにかく、本来自分の力やないからこそ、どこかに不自然さが出るもんやねん。そやけど、琴子ちゃんにはそれがない。桐生さんとこのアレかて、しっかり見えとった。この『貴人』の神気にも、しっかりあてられとった。片づけの様子を見とっても、運気が悪なるような物の配置は自然と避けよる。そういう知識は持ってへんようなのにや。そやから……」

「この力が、私のものだって言うんですか……？」

ドクッと、心臓が嫌な音を立てる。琴子は思わず胸もとを押さえた。

「おそらくは。この下に埋まっとった『貴人』の力が、桜を通じて漏れ出しとった。琴子ちゃんはそれに触れてもうたんよ。それで、もともと持っていた霊感が目覚めてもうたんやと思う」

「じゃあ……！」

「もともとあった霊力を消すことは、おそらく無理だろう。再び眠らせる、あるいは封じることは――それだけ力が強ければ難しいだろうな。まず、貴様以上の力を持ち、かつ封じの術を扱える術者がいないだろう」

続く久遠の言葉に、愕然とする。

「……うそ……」

琴子は力なく呟き、地面に視線を落とした。

目の前が真っ暗になる。ぐらりと揺れた身体を、九本のモフモフが支える。

足が震え、眩暈《めまい》がする。足もとが崩れてゆくようだった。

「……そんな……」

「だが、もともとが自分のものなら、コントロールはむしろしやすいぞ。頑張れば、一時的にあやかしがその目に映らぬようにすることも可能だろう」

「……！　ほ、本当に!?」

一瞬、耳を疑ってしまう。今、見えないようにできると言ったか。

琴子はガバッと顔を上げると、尻尾の一つをひっつかんだ。

「狐！　本当!?　本当に!?」

「おい、引っ張るな！　ああ、できるぞ。現にこいつは」

久遠が嫌そうにしながら、伊織を指差す。

「機嫌が悪い時は、我のすべてをシャットアウトしたりする。姿が見えないように、声も聞こえないように」

「……そんなことされるって、一体何をしたの？　狐」

「最近では、オーブンレンジ二台とオーブントースターとエアーフライヤーを駄目にしたな。同時に、九谷焼の茶わん蒸し碗と京焼の一輪ざしも大破させた」

——それは存在ごとなかったことにされても仕方がない。

「……できるんですね？」

あらためて、伊織を見る。

伊織は目を細めると、はっきりと頷いた。

「できるよ。琴子ちゃんの頑張り次第や」

「っ……！」

それを聞いて――落ち込んでなんていられるはずもない。

ドクドクと心臓が早鐘を打ち出す。琴子はまるで何かに挑むかのように、真っ直ぐ伊織を見つめた。

「頑張ります……！」

この三ヶ月間、なす術もなかった。

けれど――ようやくつかめた光明。

『普通』には戻れなくとも、『日常』は取り戻せる！

「頑張ります！　なんでもしてみせます！　その術を――教えてください！」

「……その意気や」

伊織がにっこり笑って、琴子の肩をぽんと叩いた。

（ああ、ようやく……ようやくの……一歩だ）

心臓がうるさい。モフモフを抱き締めて、大きく深呼吸する。

「……！　見ろ。桜が散る」

貴人の神気という栄養を失ったからだろう。一本だけ狂い咲いていた桜が、ほかと同じように散りはじめる。

粉雪のように舞う薄紅の美しさに、思わず言葉を忘れて魅入ってしまう。

「――そやけど、ほんまは異質を排除せんでええ世の中になるとええんやけどな」

無言のままその様を見つめていた伊織が、ふと呟く。

その――まるで夢見るように切なげな横顔に、琴子は思わず息を呑んだ。

「あやかしを、ほかの動物たちと同じように、ただそこに生きる者として受け入れる世の中であれば。あやかしが見えるのも同じや。匂いに敏感やとか、瞬間記憶能力があるとか――そういうのと同じで、ただの個性や特技として受け入れられる世の中であれば。そうなってくれたらといつも思うわ」

人にも、神さまにも、あやかしにも、住みやすい世の中になればいいのに――。

久遠が小馬鹿にしたように「途方もない夢だな」と言って鼻で笑う。

「…………」

本当に、途方もない夢だと思う。この桜のように儚く、淡い夢。

けれど、それは確かに美しい――。

(そんな日が来ればいいのに……)

本当に、来たらいいのに。

桜吹雪を見つめて、思う。

いつか、いつかと――。

第三話

想いと不思議と涙のわけ

Kyoto
kamishichiken
Ayakashi
Share house

「大丈夫。大丈夫。落ち着け。落ち着け。あれらは無害。お尻に目があっても、無害。首が数メートルあっても、無害。茶釜に狸が生えてても、無害。灯籠の油が主食でも、無害。無害ったら無害。怖がる必要なんてなし」

もう一花咲かせるため、あやかしとしての自分の地位を確固たるものにするために、ここに相談に来てるだけだ。その点から考えても、琴子に害を及ぼすことなどない。ありえない。

「大丈夫。大丈夫。大丈——ひぃ！」

必死に自分に言い聞かせていたのに、振り返った瞬間そこにいた豆腐小僧を見て、思わず悲鳴を上げてしまう。

琴子は慌てて「す、すみません……」と頭を下げた。

しかし、気にしていないのか、気にしていてもそれを伝える術を持っていないのか、豆腐小僧はリビングの入り口で微動だにすることなく、ただ琴子を凝視している。

「あ、あの……？」

琴子はおずおずと首を傾げた。

「何か、ご用でしょうか？　伊織さんなら……」

ダイニングのほうで、あやかしたちの相談にのっているけれど？

豆腐小僧の背後を指差すも、豆腐小僧は琴子を見上げたまま。

(なんだろう？　何か、リビングに用事？)

でも、ここは入居者の共有スペースだ。そりゃ、お客さまを通すこともあるけれど、基本あやかし関係の来客の応対は、ダイニングですることになっているのだけれど。

なぜ、ここに？

「……？」

わけがわからずきょろきょろしていると、豆腐小僧がサッと豆腐を差し出す。

「えっ？　えーっと……」

首を傾げると、さらにぐいぐいと豆腐を突きつけてくる。どうやら、琴子に豆腐をくれようとしているらしい。

……断ったらまずいだろうか？

「あ、ありがとうございます……」

とにかく、豆腐小僧は伊織の客だ。管理人の自分が失礼をするわけにはいかない。

お礼を言って受け取ると、豆腐小僧がニコッと笑って、ダイニングに戻ってゆく。

「えー……？」

ポカーンとしていると、入れ替わりで久遠がやってくる。

そして、琴子の手の中のものを見ると、小さく肩をすくめた。

「食うでないぞ。娘」

「……食べませんよ」

頼まれても、食べるものか。

「食べませんけど、食べたら何かあるんですか？」

「当初はなかったはずだ」

琴子の手から豆腐を取り上げ、ポイッと投げる。

「あっ!?　ちょっ……！」

今、掃除したところなのに！

皿が割れでもしたら、椅子をすべて机に上げて床掃除をやり直さなくてはならない。焦って駆け寄ろうとするも——豆腐は床にぶつかる前に皿ごと消えてしまう。

琴子はギョッとして身を震わせ——それからジロリと久遠をにらみつけた。

「だが、昭和に入ってから『豆腐小僧の豆腐を食べると全身にカビが生える』という創作がされた。それが、今の豆腐小僧にどう作用しておるかがわからんそうでな？ん？　なんだ。何をにらんでいる」

「……別に」

まったく。デリカシーのない狐め。

琴子は肩をすくめて、ダイニングのほうへと視線を流した。

「わからないんですか？　でもそれも、確かめるべき『設定』の一つでしょう？」

「そりゃ、伊織も知りたいそうだが、しかし食べて確かめるわけにもいかぬだろう」

「あ、そっか……」

確かに、身体にカビが生えたら大ごとだ。

なるほどと納得して――それからふと、久遠を見上げた。

「えっと？　何かご用ですか？　お昼ご飯には、まだ少し早いですが……」

「確かに、小腹はすいた。だが、昼食を食べたいわけではなくてな」

そう言って、久遠がいつもの人間の姿に変化する。

そういえば、先日――伊織と並ぶ久遠を見て気づいたのだが、どうやら久遠は人に化ける際、伊織を参考にしているようだった。その状態で二人並ぶと、まるで兄弟か何かのように似ていた。

――だからどうというわけではないのだけれど。

「娘よ」

「……そろそろ名前を覚えてもらえませんかね？」

「おお、覚えてやるから、つきあえ」

「は？　どこに？」

思わず、眉を寄せる。

しかも、覚えてやるって。どこまで上からなのだろう？

「もちろん『京とうふ藤野本店』の豆腐カフェだ」

「豆腐……カフェ？」

「そうだ。そこの豆乳シェイクが飲みたい」

「はぁ……ええと？　それはどこなんですか？」

「北野天満宮から西へ二分ほど歩いたところにある。ここからでも五分少々だ」

「あ、そうなんですね？　お豆腐屋さんは、北野天満宮前の『とようけ屋山本』さんが指定されていたんで、ほかは知りませんでした」

「そうか。こっちはこっちで美味いぞ」

——それは確かに、興味を引かれる。

「ほかに豆乳ソフトクリームも、豆乳ソフトクリームに好きなトッピングをのせて作るパフェもある。甘いものは好きだろう？　おごってやるから、つきあえ」

「え？　でも、甘いものはほとんど食べないって……」

健康オタクの久遠は、甘いものはほとんど食べない。身体を冷やすからと、冷たいものもあまり飲まないし、食べない。そう聞いているのだけれど。

琴子の言葉に、久遠が財布をジーンズに押し込みながら頷く。

「ほとんどな。だが、たまに食べたくなる。そういう時は、健康的なスイーツだけ、食すようにしている」

「はぁ、健康的な……」

「そういうことだ。さぁ、つきあえ」

「でも、私、仕事中……って、ちょ、ちょっと⁉」

首を横に振るも――久遠は構わず琴子の手を握って歩き出す。

そのまま、半ば引きずられるようにして、リビングから連れ出されてしまう。

「ちょ、ちょっと、狐！」

「伊織。少し出る。行き先は『京とうふ藤野本店』だ。お目付け役にはコレを連れてゆくから、案ずるな。一時間ほどで戻る」

ダイニングであやかしたちに囲まれている伊織に、久遠が一言告げる。歩調は一切緩めることなく。

「えっ……？　ちょっと、久遠？」

言葉を聞き逃したのか、それとも仕事中の琴子を連れ出されては困ると思ったのか、伊織が少し慌てたようにこちらを見たものの——しかし久遠はそのまま玄関へ。

「お、お目付け役って……」

「我は、おつかいなどの『訓練』以外で、街中を一人で行動することは控えるように言われておるのだ。伊織が言うには、『常識がないから』だそうだ」

なるほど。そういうことか。おごってやるからも何も、保護者が同伴しなくては、久遠はシェイクを飲みに行けないのだ。

（ここで断ったら、面倒臭そうだ……）

幸い、掃除はあらかた終わったところ。昼食の用意をはじめるまで少し時間がある。休憩するにはいい頃合いだろう。琴子はそっとため息をついた。

「……わかった。ついて行くから、放して」

仕方なくそう言うと、久遠が満足げに笑って琴子の手を解放する。

琴子は靴を履き、奥に向かって叫んだ。

「伊織さーん。狐がうるさいので、行ってきますー」

そのまま——廊下に並ぶあやかしたちをなるべく視界に入れないようにしながら、外へと出る。今日もぽかぽかのいい天気だ。

琴子はゆっくりと歩き出しながら、隣の久遠を見上げた。

「っていうか、おごってやるって……お金持ってるんですか？」

「金なら腐るほどあるぞ。もとが獣の我には、いまいち価値がわからんが」

「は？　なんで……」

「なんでも何も……我は自堕落女や犬よりよっぽど稼いでおるぞ？　我にないのは、人間の常識だけだ」

「は……!?」

お目付け役がいないと、外に出られないくせに？

「え？　で、でも、働いてないと、働いてないって話だったはず……」

「確かに、働いてはおらんな。伊織のもとで株取引というやつをしておる」

「か……!?」

株取引!?

「狐は五穀豊穣や商売繁盛に縁深い。それらを司る稲荷神の神使は白狐だし、稲荷神自身が狐の姿で描かれることもある。つまり、神を目指し、すでにあやかしの領分を超えつつある我も、商売やら金銭やらにめっぽう強いのよ」

「え……？　じゃ、じゃあ……」

「先見の明と言うのか――これから株価が上がる会社がわかるのだ。もしかしたら、我が買ったからこそ、我の加護を得て会社が成長するのかもしれん。それは知らん。だが、買い時・売り時を間違えたことはない。見極めは百発百中だ」

「じ、神通力をＦＸに使ってるってこと……？」

いいのだろうか。それ。

「はぁ……じゃあ、お金には困ってないと……」

「そうなるな。年収はいいマンションを買えるぐらい、だそうだ。よくわからんが」

「…………」

それで、人の常識を持たないのは、なんだか怖い気がする。

「……通帳、自己管理じゃないですよね？」

おずおずと訊くと、間髪容れず「伊織が管理しておるぞ」との答えが返ってくる。

「我は『金を持たせておくと何をするかわからない』のだそうだ」

「……私もそう思います」

絶対にそのほうがいい。怪しげな健康器具やサプリメントを大量に購入してしまう姿が目に見えるようだ。

（各種詐欺にも、思いっきり引っ掛かりそうだよね……）

それどころか、「神は信者を養うものですよ」とかなんとか言って少しおだてれば、「さぁ、我を崇め奉れ！」と自称信者たちにお札の雨を降らせるぐらいはしそうだ。

常識のない狐（資産家）ほど、騙しやすい獲物はいないだろう。

（犯罪者が入れ食いになりそうだよね。めちゃくちゃ釣れそう）

見ている分には面白そうだが、身もとを預かる伊織はたまったものではない。

（なるほど。それもあって、お目付け役が必要なんだ……）

大いに納得する。琴子は肩をすくめて、チラリと横目で久遠を窺った。

存在力が足りないあやかしは、どんどん消えてしまう。

存在力もそれ以外の力も十二分に足りていても、久遠のように社会に適応するのに手間取るあやかしもいる。

あやかしにも、いろいろいるのだ。人と同じように。

「…………」

あやかしは、すべて恐ろしいものだと思っていた。人を脅かすものなのだと。

（でも……そうじゃなかったんだ……）

人と同じように、あやかしも多種多様。十人十色――いや、十妖十色と言うべきか。

それぞれに違った存在――一律に括《くく》れるようなものではなかったのだ。

ふと、先日の伊織の言葉を思い出す。

「人にも、神さまにも、あやかしにも、住みやすい世の中になればいいのに……か」

少し憧れる。

ああ、それはなんて懐の深い、優しい世界なのだろう——。

◇＊◇

「……い、伊織さん？」

きっかり一時間で戻ると——伊織がダイニングで一人、ぶすったれていた。

「え……？　ええと……？　なんか怒ってます？」

おずおずと訊くと、はぁ～っとわざとらしいため息をつきながら頬杖をつく。

「……マイ豆乳パフェ、美味しかった？」

「あ、はい！　すごく美味しかったです！　私、豆乳って少し苦手だったんですけど、これが本当に美味しくて！　豆乳特有のあのクセが感じられなくて……あ！　そうだ。シェイクも飲みました！　狐が飲んでいるのを見たら、どうしても飲みたくなって！　これもまた、めちゃくちゃ美味しくて！」

少し興奮気味に報告すると、伊織が悔しげにバンバンと両手でテーブルを叩く。

「僕も行きたかった……！　食べたかったよ！　どうして誘ってくれへんの……」

「え……？　でも……」

「貴様は、相談者に囲まれておったではないか。放り出して行くつもりか」

そのとおりだ。珍しく、久遠が真っ当な反論をする。

琴子はハッとして、ダイニングを見回した。

「あれ……？　その相談者さんたちは……？」

あれだけ溢れていたあやかしたちが、一人もいない。

「……帰ってもろたんよ。別の依頼が来たから」

「依頼……？　あ、もしかして、お祓いの……？」

「そや。さっき市の人が来はって……」

伊織がため息をつきながら、自分の前の椅子を手で示す。

琴子と久遠は顔を見合わせ、大人しく伊織の前に座った。

「とある放置物件の件で。持ち主がわからへんまま放置されて、えらい廃墟化しとる空き家があるらしいんやけど……」

「放置物件……ですか？」

「そうや。全国的に社会問題化しとるけど、実は京都もかなり深刻なんよ」

「ああ、京都は古い建物多いですもんね……」

「そうなんよ。その物件も今にも倒壊しそうなほどで、かなり危険な状態らしいんよ。腐った建材や中に遺されとる所有物にも虫がわいて、野良猫なんかも住みついとる。倒壊だけやのうて、衛生的にもかなり問題で、周辺住民からも結構な苦情が来とる。早くなんとかしたいそうで……うちに相談に来はったんよ」

「え……？」

その言葉に、思わず首を傾げてしまう。

「ええと……？　それ、お祓いの仕事ですか？　確か、放置物件って行政がなんとかできるようになりましたよね？」

「ああ、『空家等対策特別措置法』のことやろ？」

伊織が頷く。

『空家等対策特別措置法（空家等対策の推進に関する特別措置法）』とは——周辺に被害を及ぼしそうな空き家に対し、行政が『助言・指導・勧告・命令』を行った上で、なおも是正が見られない場合は、『特定空き家』に指定することができ、指定後は、行政が強制的にそれを解体できることを定めたものだ。

それまでは、土地や建物の所有者がわからなければなんともならなかったけれど、所有者がわからずとも、状況に応じて危険な空き家を撤去できる道筋ができたのだ。

「その物件も、現在の所有者がわからへんそうで、『特定空き家』に指定する動きになってはるそうや」

「え？　じゃあ、ますます伊織さんの出番ってないように思えるんですけど……」

「そうやね。それだけなら、確かに僕の出番はない」

いつの間にかもとの姿に戻っていた久遠が、ピクンと頭の上の大きな耳を動かす。

「——なるほどな」

琴子もゴクリと息を呑む。

つまり——それだけではないのだ。

「何があった？」

「その『特定空き家』に指定するために、物件の調査をせなあかんらしいんやけど、そこに行った人の身になんや不可解なことが起こるらしいわ。原因不明の体調不良で倒れたんが二人、物件の前まで行ったものの、何かしらの獣の——この世のものとは思えん恐ろしい鳴き声を聞いて命からがら逃げ帰ったもんが一人。正体不明のそれに襲われて、怪我をした人が一人」

伊織が「ちょっとショッキングやけど」と言って、傍らに置いてあった茶封筒から何やら取り出し、琴子の前に置く。

「……！」

それは、写真だった。写っているのは男性の腕。肘から手首にかけて、ざっくりと三本――痛々しい傷がある。

「……引っ掻き傷に見えるな」

久遠が目を細める。琴子は口もとを押さえ、頷いた。

確かにそう見えた。だが同時に、『引っ掻き傷』という言葉の軽さに似合わぬほど、酷くも見えた。

（……深そう……）

決して、表面を『引っ掻いた』傷じゃない。これはもう『引き裂いた』と言うべきじゃないだろうか。

写真を見つめる琴子の前で、伊織が茶封筒を指で弾いて、小さく肩をすくめる。

「周辺住人に聞き込みをしたら、あの家で何かを見たて人は二十人を超えたそうや。なんでもそこは、昔から有名な心霊スポットらしいんよ」

「心霊、ねぇ？」

久遠が写真を取り上げ、目の高さまで掲げる。

「肉体を持たぬものにできる芸当とは思えんがな」

「僕もそう思う。あくまで、『その話が本当なら』が頭につくけどな」

伊織が肩をすくめて、茶封筒をヒラヒラと振る。

「心霊スポットやいうことで、その家にまつわる怪談なんかも集めてくれはったけど、正直検証する気も起きひん。間違いなく、ただの噂や」

「気になるのは、獣の鳴き声と引っ掻き傷――か？」

久遠が写真をテーブルの上に投げ出し、金色の瞳を真っ直ぐに伊織に向ける。

伊織はフッと目を細めると、大きく頷いた。

「そのとおりや」

「それって……」

思わず、身を乗り出す。

「何かが――あやかしが、その空き家にいるってことですか？」

幽霊などではない。肉体を、恐ろしげな声で鳴く声帯を、人の腕を傷つけることのできる爪を持っている、『何か』が――。

その言葉に、伊織が意味ありげに目を細める。

「——僕はそう思てる」

ドクッと心臓が音を立てる。

(人を襲うようなものが、街中に……？)

背中を冷たいものが走り抜ける。琴子はブルリと身を震わせた。

「とにかく、その物件に行けるもんがもうおらん。そやけど、周辺住人からは『早うなんとかせえ』とせっつかれる。市の人も困ってもうて——という話らしい」

「……ほう？　よく、貴様に相談しようなんて案が出たな？」

頬杖をついた久遠が眉を寄せ、斜めに伊織を見る。

「人は、容易に我らの存在を信じたりはしないものだと、貴様は言っていたはずだが。個人の見解はともかく、人が公にあやかしなどの存在を認めることは、現状ないと」

それは、琴子も気になっていたことだった。

その場所が心霊スポットという認識だったにしても、市がお祓いを依頼するなんてことがあるのだろうか？　それも——神さまにお仕えする神主さんや、仏の道に身を捧げたお坊さままではなく。

「そのとおりや。心から信じて、なんとかしてもらおうと思って来はったわけやない。今回の依頼も、市からやない。あくまでも、市の職員が個人的にという感じやな」

伊織が両手を広げて、肩をすくめる。

「市のお偉いさんには祖父の知り合いも多いし、その人たちから僕のことを聞いたんちゃう？　まぁ、駄目もとでってとこやろな。これで解決したらめっけもんぐらいに思てはると思うわ」

その言葉には、やっぱりそうかと思いつつ――しかし伊織に関することには、内心首を傾げる。

（市のお偉いさんに知り合いが多いって……伊織さんのお祖父さんは、一体どういう方なんだろう？）

そして――伊織自身は。

とても気になるけれど、はたしてそれは、管理人という立場で尋ねていいものなのだろうか？

「……信じてもいないのに、危険かもしれない『依頼』を寄越すのか？　関係のない男に？　なんだそれは」

久遠が不快そうに眉を寄せたまま、唸る。

「すべての話が本当だとしたら、怪我人が出ているようなことなのだぞ？」

「……えっと、それ、逆じゃないですか？」

おずおずと口を挟んだ琴子に、久遠が首を捻る。

「逆？」

「ええ。信じてないから、幽霊でもあやかしでも……本当に出るとは思ってないから、依頼したんですよ。危険だと思ってないから。伊織さんが怪我をするかもしれないだなんて、つゆほども思っていないからですよ」

「は？　なんだそれは」

「危険だとわかっていて、一般人を関わらせるほうが勇気がいることだと思います。今のご時世、下手をすれば大問題になりますからね。危険だと思っていない。怪我をしたのも、本人は何かに襲われたなんて言ってるけど、どうせ飛び出た釘かなんかでやっちゃっただけだろうって思ってるから、伊織さんにお願いしたんだと思います。多分、『あらゆる手を尽くした』という『事実』がほしいだけなんだと……」

琴子の言葉に、伊織がにっこりと笑う。

「そやね。それが正解やと思うわ」

「……ですよね？」

あらゆる手を尽くしたけれど、どうすることもできなかった。

それこそ祓い屋にお祓いまで頼んだけれど、事態が好転することはなかった。

その『事実』さえあれば、とりあえずその物件に関することを『保留』するのは、さほど難しいことではないだろう。物件に人が入らないように、建物が崩れたりしても道路などに影響が出ないように、敷地の外から一時的な処置をしさえすれば。

ここが『祓い屋ですら匙を投げた心霊スポット』だということが知れれば、一介の市の職員になんとかしろなどと無茶を言う人も少なくなるはず。

解決したらしたで、結果オーライ。

解決しなくても、決して損にはならない。

そういう計算があっての、依頼なのだと——。

「は？　なんだそれは。『体裁』というものを整えるための依頼と聞こえるが？」

久遠がさらに不愉快そうに顔をしかめる。

「……ええと……」

なんと説明すればいいだろう？

あくまでもそういう計算もあった上で——というだけだから、別に悪意があってのことじゃない。むしろ、お役所の方が、幽霊やあやかしなんかを百パーセント信じて祓い屋を頼るほうが、個人的には問題だと思う。

（だって、市からの正式な依頼となると、使われるのは市民の税金なわけで……）

幽霊やあやかしを信じていない人からすれば、お祓いに市民の税金を使われるなど言語道断だろう。それこそ大炎上案件だ。

幽霊やあやかしが見える琴子ですら、市が『財政のために金運が確実にアップする壺を買いました』などと言い出したら、苦情の一つも入れたくなる。

だからこれでいいのだと思う。この問題に対して『あらゆる手を尽くした』という『既成事実を作る』ために、市の職員が『個人的に』依頼する、ぐらいのもので。

けれど――そのへんのことは、まだ狐には難しいだろう。

うーんと考え込んでいると、面倒臭くなったのか、伊織は「うん、まぁ、だいたいそんな感じやで？」と言ってしまう。少し違う気がするのだけれど。

「……なんだそれは。貴様は馬鹿にされているのか？」

案の定、久遠はひどく不満そうに、少しピントのずれたことを言う。

伊織は肩をすくめ、再び両手を広げた。

「どうやろ？　たとえそうであっても、僕は気にせぇへんけど？　あやかしの存在を疑っとっても、僕のことを胡散臭いて思っとっても、解決できるやなんてつゆほども思ってへんくても、駄目もとでもなんでも、ええねん。相談してきてくれたんやから。それだけで充分や」

「……そんなものか？　釈然とせんが」

「僕はなんの権限も持ってへん、ただの一般人やから。『依頼』という形で相談してもらわんと、何もできひん。僕ならなんとかできるのに……。そう思ても、僕だけやなんともならへんことばっかりや。――この件かて」

　ふと茶封筒に視線を落として、唇を綻《ほころ》ばせる。

「市の人が僕に依頼してくれへんかったら、僕はその敷地内に入ることすら叶わへん。そやから――ええねん。向こうがどう思ってはったって。本当に大事なんは、そんなことやない」

　伊織は久遠と琴子を交互に見ると、少し照れたように微笑んだ。

「僕は、人にも、あやかしにも、つらい思いをしてほしない。それだけやねん」

「……！」

　その言葉に、トクンと小さく心臓が跳ねる。

　こういうところは、素直にすごいと思う。人にもあやかしにも分け隔てなく接する人だとは思っていたけれど――伊織の中では完全に平等なのだ。

　人だとか、あやかしだとか、関係ない。

　どちらも大切で、愛おしい――。

稀有な人だと思う。

あやかし関係で悩む自分のような人間のためにも、消滅の危機に怯えるあやかしのためにも、この人がいてくれてよかったと、心から思う。

「それで——これ、どう思う？」

伊織が、テーブルの上の写真をトンと指で叩く。

久遠はそれを見つめると、獣の瞳孔を持つ金の目をゆっくりと細めた。

「小さい」

ポツリと、それだけ呟く。

予想外の言葉に、思わず久遠を見る。琴子だけではなく、伊織も。

「小さい……？」

「爪は鋭い。ずいぶんとざっくりいっている。傷の酷さに惑わされがちだが——小さい。狐ならば、三本線の間はもっと開いているはずだ」

その言葉にハッとして、あらためて写真を見る。

確かに、そのとおりだった。線と線の間は、とても狭い。

「……あ……」

「これが、獣が引っ掻いた傷だとするならば——その獣の足はとても小さい」

金の瞳が、鋭く煌《きら》めいた。

「まるで、猫か何かのようにな――」

◇＊◇

その家は、確かに酷いありさまだった。

昭和感漂う、庭付き一戸建て。しかしその庭は荒れ果て、雑草が伸び放題。植木は道路にまでその枝を伸ばしている。あまりに邪魔な部分は、市の職員か――それとも近隣住民がポキポキ折ることで対処しているのだろう。なんとも無残な様子だった。

「う、わ……！」

「………」

門扉に手をかけ、中を覗き込む。

屋根にはすでに大穴が空いてしまっている。穴を覆っていたはずのブルーシートはずれてしまって、もうその役目を果たせていない。二階の窓はガラスが割れて見当たらない。一階は雨戸が閉められていたが、建物全体が歪んでしまっているため、あちこちに隙間ができてしまっている。

確かに、今にも倒壊しそうだった。いや、もうこれは半分倒壊しかけている。有名な心霊スポットなだけはある。佇まいからして、なんとも不気味だった。だが、不気味なだけではすまない。この中には、人を襲うあやかしがいるかもしれないのだ。

「中に入るだけでも危なそうなのに……」

はぁ～っとため息をついて、琴子は背後の伊織に恨みがましい視線を向けた。

「狐がお留守番だなんて……」

「ここにいるのが獣系のあやかしなら、久遠を連れてくるほうがむしろ危ないで？　獣は縄張り意識が強いんやから」

「……なるほど。それでだったんですね……」

琴子はため息をついた。相変わらず、伊織は事前に説明するということをしない。

「私もお留守番していたかったです……」

「そう言わんと。危ない目にはあわさへんから。琴子ちゃんの目は貴重なんよ」

「伊織さんも見えてるじゃないですか」

「琴子ちゃんほどやないよ」

本当だろうか。いまいち信用できないのだけれど。

「嫌だなぁ……。本当に守ってもらえるんですよね？」

「あれ？　ずいぶん信用ないやんか。僕、何かしてもうたっけ？」

「……いえ、何かされたわけではないです。なんていうか……かっこうが……」

伊織が「え？」と目を見開き、自分の姿を見る。

「どこかおかしい？」

「まぁ、そうですね。廃墟にあやかし退治に行くかっこうではないです」

灰色の袴に薄縹色の着物、藍色の羽織というなんとも優美な姿。かっこうだけではなく、所作の一つ一つが雅やかで、思わず見惚れてしまう。

繰り返すが、心霊スポットになっている廃墟に行くかっこうでは、決してない。琴子の言葉に、伊織が扇で口もとを隠して、ふふっと笑う。

「退治て。物騒やね」

「……違うんですか？」

「ちゃうよ。退治までせんでも、ここから出てってくれたらそれでええわけやん？」

「え……？」

思いがけない言葉に、思わず目をぱちくりさせてしまう。

出ていってくれたら、それでいい——？

「え？　で、でも……」

出ていった先で、また悪さをしたらどうするのか。

戸惑う琴子に、しかし伊織は心底不思議そうに首を傾げた。

「逆に訊くけど、ここにおるあやかしは、『ここにおる』だけなんやで？　どうして退治されなあかんの？」

「え……？　ここにいる、だけ……？　でも、怪我は……」

「えっ？　琴子ちゃんって、自分の家に見知らぬ男が押し入ってきても撃退せぇへんタイプの人なん？」

「は……？」

いや、そんなタイプは存在しないだろう。

「いいえ……」

「そやろ？　少々手荒でも、追い払うやろ？」

頷くと、伊織が扇子をパチンと閉じて、「同じやんか」と笑う。

「汚いから。危険やから。取り壊して更地にしたい。そのための手続きを進めたい。それは全部、人の勝手な都合やんか。そうやろ？　それを振りかざして、押し入って来られたんやで？　そりゃ、手ぇぐらい出すやろ。家と自分を守るために」

「……あ……」

「話にあった『この世のものとは思えん声』も、実は威嚇やったんちゃう？　つまり警告や。それ以上入ってきたら、ただでは済まさんぞっていう……」

「………」

確かに、見方を変えれば、そういう解釈もできる。できるけれど。

（あやかしの目線でものを考えるなんて……）

そんなこと、考えもしなかった。思いつきすら、しなかった。

自分の中には欠片もなかった発想に、唖然としてしまう。

（本当に、あやかしのことも考えてるんだなぁ……）

あやかしの立場に立つなんて、口で言うほど簡単なことではないだろう。

それなのに、息をするように自然に、あやかし視点でも、ものを考える。人間のことだけではなく、あやかしのことだけでもなく、両者を平等に――。

それは、素直にすごいと思う。

どうしたら、そんなふうにものを考えられるようになるのだろう？

「話して出ていってくれれば、それでよし。交渉決裂の場合は、強制的に出ていってもらう。僕のすることはそれだけやで。退治なんてせぇへん。せぇへん」

顔の前でヒラヒラと手を振って、にっこり笑う。

「そやから、今回久遠はお留守番やねん。あやかしの縄張りに、あやかし――それも大妖怪を連れて踏み込んどいて、話をするも何もあれへんやろ？　最初から、完全に喧嘩売っとるやんか」

「……なるほど。なんていうか……伊織さんはすごいですね」

「何が？　なんもすごないよ」

謙遜でもなんでもなく、本当にそう思っているのだろう。伊織は、あっけらかんとそう言って、建物のほうへと目を向けた。

「それより――」

口もとの笑みを消し、扇でボロボロの家屋を示す。

「琴子ちゃん、実際――どうなん？」

琴子は頷くと、そちらへと視線を戻した。

深呼吸を一つ。あらためて、目を凝らす。

「……います」

そして――きっぱりと、確信を持って告げた。

「何かはわからないけれど、でも確実に『何か』はいます」

圧を感じる。重さのある視線というべきか。

『何か』が見ている。あの建物の中から、自分たちを。

「やっぱり、おるか……。それにしても、威嚇はして来うへんみたいやね？」

「あ、そうですね。この世のものとは思えない恐ろしげな声――でしたっけ？」

「……って話やったけどね。まぁまぁ、静かなもんや。これが、相手に話を聞く気があるってことならええんやけど」

そこで言葉を切り、扇で口もとを隠して、視線を鋭くする。

「それとも――もう威嚇の必要はないと考えとるんか」

「え……？」

威嚇の必要がない――？

「……それって……」

「琴子ちゃん。猫の見分けつく？　毛皮の色も目の色も同じ、複数の猫の」

「え……？　ね、猫……ですか？」

唐突な話題転換に、思わずなんのことかと目をぱちくりさせてしまう。

「そう。四匹の猫がいてるとしよう。すべて毛並みは真っ黒で、目の色は緑や。琴子ちゃん、見分けられる？」

「……自信がないです」

「僕もや。四匹並んどったらなんとかなるかもしれへんけど、代わる代わる来られた日には、混同せん自信はないわ」

「えっと……それが何か？」

首を傾げると、伊織が視線だけを琴子に向ける。

「実は、何百年も生きて、あやかしとしては力も知能も高い久遠ですら、男か女か、子供か大人か、若いか年寄りかぐらいでしか人の区別がついてへんらしいんよ」

「え？　そうなんですか？」

「そう。もとが獣の久遠は、人間の見分け方がいまいちよくわかってないねん」

「……！」

もとが、獣だから——？

ハッとして、建物を見る。

ここにいるのは、獣のあやかしである可能性が高い。ということは——！

「——そうや。あちらさんには、人間はすべて同じに見えとるのかもしれへん。警告したのに、また来よった。そやから、今度は問答無用で制裁した。それやのに」

「また、来たと思ってる……？」

見分けがつかないから。すべて同じ人間だと思ってる――？

「見分けようとも思ってへんかもね。『人間』て一括りに考えとるんかもしれへん。警告してやったのに、『人間』め。痛い目にあわせたはずやのに、『人間』め」

「……大丈夫なんですか？　それ」

ずいぶんと殺意が強そうに聞こえるのだけれど。

不安げに瞳を揺らした琴子に、伊織がにっこりと笑う。

「……今、笑うところでした？」

「あくまでも、可能性の話や。市の職員の話も、どこまでほんまなんかわからんし、ほんまのところはどうなんか、それはぶつかってみぃひんとわかれへん。そやから、心配してもしゃあない。男は度胸。女も度胸や」

明るく言って、扇でポンと琴子の肩を叩く。――本当に大丈夫なのだろうか。

「その『何か』を見つけたら、すぐに僕に教えてくれる？」

「……はい」

あたりに気を配りながら、しっかりと頷く。

伊織は目を細めると、真っ直ぐに建物を見つめて、門扉に手をかけた。

「ほな――行こか」

ゆっくりと、鉄の扉を押し開ける。キィッと軋む耳障りな音が、やけに耳につく。

足もとに気をつけながら、伊織に続いてゆっくりと敷地内に入る。

その瞬間、だった。

「ッ！　上っ！」

自分に注がれていた視線の圧が、殺意にも似た凶悪なものに変容する。

琴子はビクンと身を弾かせ、素早く上を指差した。

ほぼ同時に、二階の窓から何かが飛び出してくる。

「琴子ちゃん！　下がって！」

伊織が琴子を背に庇い、パンと手を合わせる。

「問答無用か！　しゃあないな！」

人差し指と中指を立て、それを鼻筋に当てる。

「ちょっと痛いで！　かんにんしてや！」

そう叫ぶと、その指――剣印《けんいん》を『何か』に向けた。

「臨む兵、闘う者、皆、陣列《つら》ねて、前を行く！」

剣印の先で、バチンと何かが爆《は》ぜる。まるで特大の静電気のような。

瞬間、その『何か』が弾かれて吹き飛び、少し離れた地面に墜落する。

「……！」

小さいと思った。全容はまだわからない。黒い塊にしか見えない。でも——久遠が言ったとおり、小さい。サッカーボールぐらいの大きさだった。

「琴子ちゃん！　どう見える？」

「け、毛むくじゃらの毛玉です！　サッカーボールぐらいの大きさの！」

「そうか。もうちょい下がっといてな！」

伊織の声に反応するかのように、毛玉が再び飛びかかってくる。

「はいはい、ちょいと！」

まるで舞を舞うかのようにヒラリと一回転して、毛玉の特攻をかわす。

「落ち着こうや！」

三度飛びかかってきた毛玉を扇を使ってやんわりといなして、毛玉が体勢を崩したところに剣印を向け、呪《じゅ》を唱える。

再びバチンと何かが爆ぜて、毛玉は弾かれて地面に激突。本当に、ボールのようにポンと跳ねる。

それを踏みつけると、伊織は鮮やかな笑みを浮かべて、パンと扇で袴の裾を払った。

「僕らは、話に来ただけなんよ」

和服男子の——その見惚れるほど美しく華麗な立ち回りに、唖然としてしまう。

しかし、これほど説得力のない言葉があるだろうか。

「琴子ちゃん、お清めの水」

「あ、はい！」

差し出された手に、バッグから出した小さなペットボトルをのせる。

それはここに来る途中、とある神社でいただいてきたお手水だった。

「はいはい、ちょっと頭冷やそな～？」

足袋《たび》と草履が濡れるのも構わず、それを毛玉にどぼどぼとかける。なんだかとても楽しそうに見えるのは、気のせいだと思いたい。

その瞬間、毛玉が「ニギャアァアアァ」となんだか聞き覚えのある声を上げる。

琴子は驚いて、伊織の足の下をまじまじと凝視した。

「え……？　ね、猫……？」

長毛種の白猫——に見えた。ひどく汚れたボサボサの毛並み。恐怖からかペタンと後ろに寝た猫耳。黒くて鋭い爪を持つ、だけど小さな前足。そして——驚くほど長い二本の尻尾。

猫ではないことはわかるけれど、猫にしか見えない。

「猫又やねぇ」

「猫、又……」

伊織がペットボトルをポンと琴子に投げて寄越しながら、大きく頷いた。

「俗信から生まれたあやかしや」

「俗信……？」

「年老いた猫は猫又に化ける。聞いたことあるんちゃう？　江戸時代にはもうすでに一般化しとった俗信や」

確かに、聞いたことがある。

「そやから昔は、猫は長う飼うもんやないとされとった。まぁ、今はそれを信じとる人は少ないやろうけど」

伊織が、「元ネタは、中国の『仙狸《せんり》』てあやかしやないかって話やけど、どうなんやろね？」と言いながら腕を組み、猫又を見下ろした。

「さて、どないしよう。あやかしとしては生まれたてな感じがするわ。言葉が通じる気がせぇへん」

確かに、そんな気がした。伊織の足の下でもがきながら、しきりに鳴いているが、それは人の言葉ではない。猫のものだ。

尻尾が二本あることと、爪が黒く——驚くほど鋭いことを除けば、普通の長毛種の猫に見える。モサモサでゴワゴワ、汚れている上に濡れてべっちゃりしている毛は、しかしシャンプーをしてブラッシングをしたら、ふわっふわの極上の手触りになるのではないだろうか。

「…………」

少し考え——琴子は猫又の前にしゃがみこんだ。

「あ、琴子ちゃん。手ぇ出したらあかんで。指、食いちぎられてまうから。小さてもあやかしや」

「あ、はい……」

伊織の言葉に、慌てて出しかけていた手を引っ込める。ついつい出してしまわないようしっかりと膝を抱えて、琴子はあらためて猫又を見た。

「ねぇ、私の言葉わかる？」

ピクンと、小さな耳が揺れる。

「ねぇ、君。私の言葉、わかる？」

ピクピクと、再度耳が反応する。声は聞こえているようだった。でも、意味までは理解していないのか、シャーッと威嚇の声を上げる。

「君、どうしてここにいるの？」

　春の空のように澄んだ青い瞳を覗き込んで、言う。

「君にここにいられると、困る人たちがいるの。棲《す》み処《か》を替えてほしいんだけど」

　返事はない。とくに反応もない。猫又は牙を剝き出して唸り、琴子をにらみつけている。

（もっと簡単で、簡潔な言葉にしたら、わかるかな？）

　普通の猫ですら、自分の名前を覚える。呼ばれたら、振り返る。『駄目！』という叱責には、首をすくめて逃げ出すのだ。相手は猫又だ。猫が長く生きて、あやかし化したもの。だったら、人の言葉を解してもおかしくない。

　わかりやすい言葉で、簡潔に。

　琴子は少し考え、再び猫又の青い瞳を覗き込んだ。

「出てってほしい」

　キツく聞こえてしまうだろうか？　少し迷ったものの――それでもまずは、一番の目的だけを簡単な言葉で伝える。

　言葉を重ねて印象を柔らかくしても、伝わらなかったら意味がない。

「出てってほしい」

ピクンと小さな耳が動き、猫又が目を大きく見開いて琴子を見つめる。

反応があった。琴子は猫又を真っ直ぐに見つめたまま、さらに言葉を重ねた。

「ここは駄目」

「ここにいちゃ駄目」

「お願い」

「出ていって」

「ここから出ていって」

噛んで含めるように、ゆっくりと。

すると——みるみるうちに両耳が下がる。

今にも零れ落ちそうな大きな瞳が悲しげに揺れ、そのまましゅんとして地面に顔を伏せてしまう。

「……え……」

猫又が実に弱々しい声で、「ミァ」と鳴く。

琴子は目を丸くし、慌てて伊織を見上げた。

「……こ、これ、通じてますよね？」

「通じとるっぽいねぇ」

あきらかにへこんでいる猫又を興味深そうに眺めて、伊織が頷く。

その伊織に地面に縫い止められている猫又は、前足で顔を覆い、そのまま地面に伏せた、いわゆる『ごめん寝』状態で、「ミア……ミア……」とか細い声で鳴いている。

「……あー……」

そんなにへこませるつもりはなかったのだけれど。

「……なんだか、虐《いじ》めてる気分になってきたんですけど……」

こっちがへこんでしまう。

「メンタルがやられそうです」

肺の中の空気を出し切る勢いでため息をつくと、伊織が笑いながら「頑張って」と言う。

琴子はお腹に力を入れて自分を奮い立たせると、すっかり落ち込んでしまっている猫又に優しく声をかけた。

「ここにいたい？」

反応はない。猫又は『ごめん寝』状態のままだ。しかし、ちゃんと聞こえているし、通じているとわかったのだ。構わず、ゆっくりと言葉を紡ぐ。

「教えて」

真摯に、『お願い』する。

「ここにいたいの？」

「それは、どうして？」

「教えてほしい」

根気よく、何度も何度も。

すると——ようやく、猫又が「ニ……」と鳴いて、顔を上げる。

そして、上目遣いで琴子を見つめて、何やらニャアニャアと鳴き出す。

「えっと……？」

もしかして、何かを伝えようとしてくれているのだろうか。

だが——いかんせん、猫語だ。琴子には理解できない。

「……狐なら通訳できますかね？」

「さすがに無理ちゃう？」

「ですよね……」

同じ獣でも、狐と猫じゃ、まったく別ものだ。

「あぁ……。何か話そうとしてくれてるのにな——……」

さてどうしようかと首を捻った——その時。

「オバ……ア、チャン……」

「――!」

猫又が、猫の鳴き声以外のものを口にする。琴子は――そして伊織も、ハッとして身を震わせた。

「お……ア、ちゃん……」

「おば、ア……ちゃん……」

おばあちゃんと言いたいのだろう。琴子は青い目を覗き込み、大きく頷いた。

「おばあちゃんね？　おばあちゃんがどうしたの？」

「おバア、ちゃん」

「言ッタ」

「猫、タクサン生きる」

「猫又になル」

「っ……!」

思わず、伊織を見上げる。

伊織は無言のまま頷くと、猫又をそっと解放した。

「うん。それで？」

「おばァ、ちゃん」

「言ッタ」

「頑張レ」

「頑張レ」

「死ナナイデ」

琴子を見つめて、ひどく熱心に言う。

琴子はうんうんと頷いて、そっと手を差し伸べた。

今度は、伊織も止めなかった。

「おバァちゃん」

「ズット一緒」

「言った」

「そっか……」

嫌がるそぶりは見せなかった。そのままそっと優しく、その頭を撫でる。

「おばあちゃんは、君に言ったんだね？　猫はたくさん生きると、猫又になるって。だから、死なないでって――頑張って生きてって、おばあちゃんは君にお願いした。ずっと一緒にいたいから、頑張っててって」

おそらくは、病気か怪我か――猫がひどく弱った時に、『おばあちゃん』は愛猫を看病しながら、何度も言ったのだろう。

『頑張れ』と。

『死なないで』と。

独りにしないでほしい。猫又になるまで生きてほしい。

ずっと、自分と一緒にいてほしいと――。

猫は、それを覚えていたのだ。

「だカラ、頑張ッタ」

「頑張ッタ」

「頑張ったノニ」

ボロッと、その青い瞳から大粒の涙が零れる。

それはあとからあとから溢れて、琴子の指を濡らした。

「おばあちゃん」

「イナい」

「ドコ？」

「どこ？」

切なそうに鳴きながら、再び地面に顔を伏せてしまう。

「出テった」

「イナい」

「どこ？」

悲痛な叫びに、胸が痛くなる。

「ココハ、おばあちゃんノ家」

「入ってコナイデ……」

ああ、そうか――。

「おばあちゃんの留守を、守っていたんだね？」

この家が誰かに奪われでもしたら、おばあちゃんが帰ってこられない。だから猫又は、必死でこの家を守っていたのだ。

おばあちゃんのために。

また、おばあちゃんとともに暮らすために。

ずっと一緒だと、おばあちゃんが言ったから。

そのために、猫としての生を超えて生き――あやかしとなった。

おばあちゃんの願いを叶えるために。

「……っ……」

先ほどの伊織の言葉が、脳裏に響く。

『汚いから。危険やから。取り壊して更地にしたい。そのための手続きを進めたい。それは全部、人の勝手な都合やんか。そうやろ？　それを振りかざして、押し入って来られたんやで？　そりゃ、手ぇぐらい出すやろ。家と自分を守るために』

そのとおりだ。人の、勝手な都合だった。猫又には猫又の想いが、大事なものが、ちゃんとあった。

琴子は唇を噛み締め、猫又の頭を撫でながら伊織を見た。

「……伊織さん、ここはいつから空き家なんですか？」

「市の人から聞いたところによると、少なくとも三十年以上って話やった。正確にはわからんそうや」

「……おばあさんは……」

「……この家の現在の所有者はわからんそうや。登記上の所有者はとうに亡くなってはるし、その所有者の近親者も……」

伊織が悲しげに目を伏せ、首を横に振る。

「そう……ですか……」

予想はついていた。死の淵にいた飼い猫を必死に看病した『おばあちゃん』が――

その愛猫を捨ててどこかに行くはずがない。

『おばあちゃん』は、もうここには帰ってこられないのだ。

帰ってきたくても、もう――。

そして『おばあちゃん』の家を、遺品を、受け継ぐ人もいない。

猫又となった猫を、迎えに来てくれる人も。

「っ……！　猫ちゃん……」

思わず、地に伏せたままの猫又を抱き上げる。

腕の中にすっぽりと収まる温もりを、しっかりと包み込んだ。

その小さな身体は――震えていた。

「猫ちゃん、おばあちゃんはもう……帰って来ないの……！　君のおばあちゃんは、亡くなって……っ……」

言いかけて、唇を噛む。難しい言葉では、きっと猫又は理解できない。

残酷でも、はっきり言うしかない。

琴子は猫又を抱く手に力を込めた。

「おばあちゃんは、死んだ」

腕の中で、猫又がビクリと身を震わせる。

それでも言う。

もう帰らないおばあちゃんを、この先もずっと待ち続けるほうが、残酷だ！

「おばあちゃんは、死んだ」

「死んだ。もういない」

「もう、帰って来ない」

「もう、一緒には……」

腕の中の猫又が、「ミァ……ミァ……」と泣き出す。ブルブルと震えながら。

涙が――溢れた。

「ごめんっ……！　猫ちゃん……！」

震えて泣く猫を、しっかりと抱き締める。

「ごめんね……！」

悲しいよね。

つらいよね。

寂しいよね。

わかるよ……！

「でも、おばあちゃんは、もういないんだ……！」

おばあちゃんの魂は天にある。猫又になってしまった猫は、まだそこには行けない。おばあちゃんとずっと一緒にいるために、あやかしになったのに。おばあちゃんの願いを叶えた結果——猫又は一人ぼっちになってしまった。

強く誰かを想う気持ちこそが、自身を孤独にしてしまうなんて——ああ、それは、一体なんの因果だろう！

「猫。猫。一緒においで……！」

考えるより先に、言葉が口をついていた。

「一緒においで……！」

悲しいも、つらいも、寂しいも、独りで耐えるには重すぎるから。

人でないモノが見えるようになってからの三ヶ月間——たった独りで耐えていた時、自分は泣くことすらできなかった。

『助けて』と言えるようになったのは、大声で泣くことができるようになったのは、独りではなくなったから。

伊織が、久遠が、あやかしシェアハウスの面々が、傍にいてくれるから——。

だから、君も。

「一緒においで……！　猫ちゃん……！」

おばあちゃんの代わりになど、到底なれないけれど。それでも。

「私も、君の友達になりたい……！」

一人ぼっちは嫌だ。だから――一緒にいようよ。

「おバァ……ちゃーん……」

猫又が、振り絞るように叫ぶ。

それが、最後だった。

あとはもう、琴子が理解できる言葉にはならなかった。

ただ、普通の猫のように、大事な人を恋しがってひどく鳴く。啼く。泣く。

琴子はただ、猫又を抱き締めていた。

言葉もなく、西の空が茜色に染まるまで。

決して独りではないことが、支えになると知っていたから――。

◇＊◇

「あやかしって、なんなんでしょうね……？」

夕焼け色に染まった道をゆっくりと歩きながら、ポツリと呟く。

腕の中には、猫又。泣き疲れたのか、今は琴子の腕の中で眠っている。

琴子はその背を優しく撫でると、隣を歩く伊織を見上げた。

「あやかしにも、『心』があるんだなぁって……」

人を愛する心が、愛した人の死を悼む心が、彼らにもちゃんとある。

人とは相容れない存在だと思っていた。人とはまったく違い、人の理解は及ばず、人の常識が通用しない。そして——人を脅かす、危険で恐ろしいもの。

でも、違った。あやかしも誰かを愛し、誰かを守るために必死になれる。そして、その誰かのために泣けるのだ。

だったら、人と何が違うのだろう——？

「あやかしと人って、何が違うんでしょうか……」

琴子の問いに、伊織が扇で口もとを隠し、目を細める。

そして——美しい茜色の空を見上げた。

「さぁ？　どうなんやろうね」

「………」

いつか、その答えを見つけることができるだろうか——？

第四話

闇を晴らして暁の空

Kyoto
kamishichiken
Ayakashi
Share house

「伊織さん。猫又って、何を食べるんですか?」

「え? キャットフードでええんちゃう?」

珈琲豆を電動のミルに入れながら、こちらを見もせずに、伊織が言う。

その雑な答えに、琴子はそっと息をついた。

「でも、調べたら、人肉とか人の精気とかを喰らってたって……」

スマホを差し出すと、ようやくこちらを見てくれる。

「それは、あくまでも創作やからなぁ」

しかし、表示されているウィキペディアのページを見て、「はいはい」とばかりに頷いて、さっさと作業に戻ってしまう。その——雑なことこの上ない対応に、思わずため息をつく。そりゃ、大好きな珈琲の時間を邪魔したのは申し訳なかったけれど、もう少しこちらに興味を示してほしい。

「でも、『創作』が『設定』として反映されていることも多いんですよね?」

『飛縁魔』の寧々が、規則正しい生活というものが一切できないように。

「まぁ、そうなんやけど。それでも、少なくとも麿《まろ》は違うと思うで? 人肉や精気を喰らっとったら、もっとひどい騒ぎになっとったはずや。あの家の周りでぎょうさん人が亡くなってはったら、むしろ僕のとこに依頼が来たかどうか……」

伊織が「僕のところに依頼が来たんは、そない危険なことや思てへんからやって、琴子ちゃん、自分で言うてたやんか」と笑う。

「あ……そっか……」

「いもせえへん幽霊の噂話はぎょうさんあったけど、怪我したんは一人だけやったし、その怪我人も引っ掻かれただけで、喰らいつかれたわけやない」

「でも、病気で倒れた人はいたんですよね？」

「過労かなんかちゃうの？　それか、時系列まで教えてくれへんかったから、詳細はわかれへんけど、『あの物件はなんやおかしい』てなってから行ったんかもしれへん。まぁ、つまり、気のもんや。そもそも精気を喰らわれるんと、病気になるんは、直接関係あれへんし」

「あー……」

「麿が何を食べてたかはわからへんけど、人肉でないことは確かやな。簡単な言葉は通じるんやから、麿自身に訊いてみたら？『何食べたい？』て」

テキパキとお湯の用意をしながら、伊織が言う。

琴子は再度、小さくため息をついた。

「……その、麿ってやめてもらっていいですか？」

意外な言葉だったのか、ふと伊織がこちらを見る。

「え？　でも、『麿』やんか。琴子ちゃんがつけた名前やろ？」

「私がつけたのは、『マロ』です。『麿』じゃないです」

『マシュマロ』の『マロ』――それが、琴子が猫又につけた名前だった。

それに、なぜか伊織が『麿』という字を当ててしまったのだ。

「漢字の『麿』で呼んでるのが、なぜだかわかるんですよ」

「そやかて、神さまやあやかしにとって、名前はえらい大事なもんなんよ」

ようやく手を止めて、伊織が琴子を見つめる。

「魂に刻まれた真名《まな》――その者の真の名は、それこそ命と同等や。名を握られるんは命を握られるんと同じ。真名を呼ばれて命じられれば、基本逆らうことはできひん。相手がどんな小者であってもや」

「え……？」

「でも、狐は平気な顔して『嫌だ』って言いますよ？　さっきも、掃除するから少し退《ど》いてくださいって言ったのに……」

「久遠は真名やない。僕がつけた『仮名《かりな》』や。まぁ、あだ名みたいなもんやね」

「え？　そうなんですか？」

「そや。天狐を目指しとる健康オタクの狐には、永遠を表す『久遠』を。男を惑わし、堕《お》とし、破滅させる飛縁魔には、やすらぎや落ち着きを表す『寧』を重ねることで、その『設定』が少しでも和らぐように。『陽太』は、彼自身の性質からやな。なんや太陽みたいやろ？　あの子。そのままでいてほしいて願いを込めて」

「すべて、伊織さんが……？」

お湯が沸騰した音がする。伊織はコンロの火を切って、頷いた。

「人の社会で生きるには、人が呼んでもええ名が必要やからね」

「……なるほど」

「真名ほどやなくとも、やっぱりその者を表す『名』や。大事なもんなんよ。簡単に考えたらあかん。そやけど今回は、琴子ちゃんの直感も大事や。ひらめきは神さまの領域。降ってきた『マロ』て音には、意味があると思ったほうがええ。琴子ちゃんの力は、目覚めて以来、日々成長しとるから」

「だから、漢字で意味をプラスしたってことですか？」

「そうや。猫又は、琴子ちゃんが『一緒にいたい』と願った子や。だから、『麿』がええんちゃうかなって。『麿』は、人や動物につけて親愛の情を表す接尾辞やから。琴子ちゃんの――親愛なる獣や」

「……！　私の……」

親愛なる、あやかし――。

胸の奥がじんわりと温かくなる。琴子は胸もとを押さえて、口もとを綻ばせた。

「そう考えたら、『麿』も悪くないですね」

でも――。

琴子は三度《みたび》、ため息をついた。伊織は本当に、事前に説明することをしない。

「できたら、漢字をあてる時に、その話をしてほしかったです。そうしたら、やめてくださいなんて言わなかったのに。名前の話も、はじめて聞いたんですけど？」

「ああ、そやねぇ。言うたらよかったねぇ」

「って言うか、名前にそれほどの力があるなら、どうして最初に来た時に私の名前を訊いたんですか？　大勢のあやかしが見ている前で。あ、それとも人間の名前には、神さまやあやかしたちとは違って、命と同等の価値はないんですか？」

「いや？　同じやけど……」

その言葉に、思わず眉をひそめてしまう。

「は……？」

「……かんにん。まさか、知らんとは思わへんかったんよ」

なんともバツが悪そうに顔を歪めて、伊織が肩をすくめる。

「名前についてのアレコレなんて、初歩中の初歩の知識や。久遠が、『不自然なほど目がいい』て言うぐらいの力を持っとって、まさか知らんとは思わへんかったんよ。だから、呼んでええ名を教えてほしいぐらいの気持ちで軽く訊いてしもて……」

「……あ……」

なるほど。だから名乗った時、少し驚いた顔をしていたのか。

「まぁ、うちには、名前を使って琴子ちゃんになんやしようて考える輩《やから》はおらんからよかったけども……かんにんね」

「はぁ、まぁ……そういうことなら」

しかし、だったらそれも、もう少し早く教えてくれてもよかったと思うのだけれど。琴子がそれを知らないとわかっていたのだから。今後のことも考えて。

神さまやあやかしには、気軽に名前を教えてはいけないと――。

「……！」

そこまで考えて、琴子はふと――珈琲の用意を再開した伊織を見上げた。

（待って……？）

人も、名前は大事だと言った。神さまやあやかしと同じように。命と同等だと。

そのため、ここに住むあやかしたちは、『仮名』をつけてもらっている。便宜上の呼び名だ。

では——人は？

みなは、琴子のことを『琴子』と呼ぶ。本名の『琴子』だ。

名前に関する事情を知らなかったのもあるけれど、琴子がそう名乗ったから、みなそう呼んでくれている。

今までは、それを不自然なこととは思わなかった。人の間ではごく自然なことだ。本名を教えて、それで呼び合うことなど。

けれど——神さまやあやかしの間では、そうではない。

もちろん、それらに関わる伊織も、本名を名乗る危険性は十二分に知っている。

あやかしたちにわざわざ仮名をつけてあげた伊織が、はたして自らは彼らに本名を名乗るだなんてこと、するだろうか？

『はじめまして。僕は伊織といいます。お嬢さん、お名前は？』

ああ、そうだ。考えてみれば、琴子の前に膝をついてそう自己紹介した時——彼は、琴子が何も知らないことを知らなかった。

（もしかして『伊織』も、本名ではなく仮名なんじゃ……？）

あやかしに関わる者として、ごくごく自然に、呼び名のほうを名乗っていたのではないのか。

（あれ……？　でも、桐生さんも、『伊織さん』って呼んでたし……？）

いや、桐生さんも古くからの知り合いだと言っていた。あだ名のようなものとして浸透していてもおかしくない。

「あ、あの……」

訊いてもいいものか迷いながらも、それを口にしようとした時。

「お〜は〜よ〜」

ダイニングに、麿を腕に抱いた寧々が大あくびをしながら入ってくる。

相変わらずの、ダイナマイトボディに寝間着の浴衣を引っかけた色っぽい姿。麿がセットになっていると、さらにゴージャスに見える。

「おはよう。今日は、とくにゆっくりさんやな。もうおやつの時間やで？」

「猫が気持ちよかったんだもん」

もう一つ大あくびをして、ストンとダイニングの椅子に腰かける。

「麿、寧々さんの部屋にいたの？」

どうりで。見ないと思ったら。

「朝方、アタシが引きずり込んだの。モフモフが気持ちよさそうだったんだもん」

麿が寧々の膝から降り、駆け寄ってくる。

足にスリスリとまとわりつく麿の頭を撫でてから、そっと抱き上げた。

「麿。昨日まで、何食べてたの？」

ちょんちょんと指で口もとをつつくと、意味を理解したのか、「ニア、ニャア」と何度か鳴いたあと、たどたどしくそれを口にした。

「ニョロニョロ……」

「にょろにょろ？」

「飛ブ、のも。イロイロ。尻尾、切れルノも」

「……訊かなけりゃよかった」

どうやら、蛇や小鳥やとかげを食べていたらしい。さすがにそれは、用意してあげられない。

「猫だった時と同じでいいのかなぁ……？」

「まずは、それでいいんじゃなぁい？　嫌がるようだったら、また考えればいいのよ。それより、琴子ちゃ〜ん。アタシ、お腹すいたぁ〜」

「あ、はい。お昼に作ったガルビュールがあるんですけど、それでいいですか？」

「ガルビュールって、具だくさんの野菜スープよね？　フランスかどこかの郷土料理だったっけ？」

「はい。具材はキャベツ、玉ねぎ、ニンジン、ジャガイモ、セロリ、カブ、トマト、ミックスビーンズに厚切りベーコン。ごろっごろの具だくさんです」

「わ〜！　嬉しい〜！」

「すぐ温めますね」

磨をおろして、もう一つの調理台へ。

「パンもありますけど、いいですか？」

「スープだけで充分よ」

「あ、じゃあ、茹で卵つけますね。それも、お昼に作った残りがあるので」

「えっ!?　ホント〜？　ありがとう〜！」

満面の笑みで、寧々がパチパチと胸の前で手を叩く。

「琴子ちゃんが料理上手でよかったわ〜」

琴子は鍋を火にかけながら、ふるふると首を横に振った。

「え？　私、そんなに上手なわけではないです。レシピがいいんですよ。綾乃さんが遺してくださったものが」

「え？　でも、綾乃のレシピにガルビュールなんてあったかしら？　アタシ、食べた覚えがないんだけど？」

「あ、いえ。それは祖母のレシピです。私、昔すごい偏食で。お肉もお魚もお野菜も駄目だったんです。そんな私のために、祖母が考案してくれたレシピがたくさんあるんです。ガルビュールもその一つで」

「へぇ～」

「にんじんが食べられるようになったのは、このガルビュールでですね」

冷蔵庫から茹で卵を取り出して鍋に入れていると、リビングから久遠が出てくる。

久遠は少し驚いたようにダイニングを見回すと、慎重に珈琲豆に湯を含ませている伊織を見た。

「おい、伊織よ。『客』はどうした？　三時に誰もいないなど……」

「……昨日から、鳴き出したそうやから」

その言葉に、久遠と寧々がピクリと身を震わせる。

「え……？」

なぜか、二人とも表情を固くする。どうしたのだろう？

「……そう。もうそんな時期なのね」

「……そうだったのか。日は決まったのか？」

「いや？　僕もさっき『小豆洗い』から聞いて知ったばかりやし。帰ってから、よき日を見定めてもらうわ」

「そうか。今年も例年と同じなのか？　『貴人』が見つかったが……」

伊織が珈琲ドリップ用の細口ケトルを傍らに置き、ため息をつきながら目を閉じる。

そしてサラサラと黒髪を揺らして、首を横に振った。

「ようやく半分や。それではどないもできひんよ。全部揃って、強力な術者が現れて、それでようやっと、可能性がわずかに見えるかぐらいのことなんやから」

「……そうか。貴様も大変だな」

そう言って――痛ましげに顔を歪める。

「そして……不憫なことだ」

そのまま、ダイニングが重苦しい沈黙に包まれる。

琴子はガルビュールを器によそい、寧々のもとへ。それをテーブルに置きながら、首を傾げた。

「あ、あの……？　一体……」

「あ、そっか……。琴子ちゃんははじめてだもんね。よくわからないわよね」

寧々が「ごめんね？」と言って微笑み、久遠を見る。

久遠は肩をすくめると、足早にこちらへ寄ってきて、ドカッと寧々の向かいに腰を下ろした。

「──伊織の大きな仕事の一つだ」

「仕事、ですか……？」

「ああ、祓い屋としての仕事だ。伊織は一年に一度、この時期に、大きな儀式をする。むしろ、それこそが伊織の仕事よ。あとのことは、オマケのようなものだ」

そう言って、真剣な顔でドリッパーを見つめている伊織を見やる。

獣の瞳孔を持つ金の瞳に、鋭い光が走る。

「そのための──一族だ」

「…………」

あらためて──思い知る。

(私……。伊織さんのこと、なんにも知らないんだ……)

まだ会ったばかりだ。そんなものなのかもしれないけれど。

『伊織』が本名かどうかすら、だ。それは、さっきタイミングを逃して聞きそびれてしまった。

（……『知らない』ことが、こんなに気になるなんて……）

それはきっと、『知りたい』からだ。

伊織のことを、知りたい——。

「琴子よ。鵺《ぬえ》というあやかしを知っておるか？」

久遠が琴子に視線を戻して、言う。

「鵺……？」

名前だけは聞いたことがある。だが正直——どんなあやかしかはよく知らなかった。

正直にそう言うと、久遠が座れと椅子を指で示した。

「猿の顔、狸の胴体、虎の手足、蛇の尾を持つばけものだ」

「ばけもの……？」

久遠が、そういう表現をするのは珍しい。

思わず首を傾げると、固い表情のまま「そう言って差し支えないモノだ」と言う。

「数少ない——我に匹敵する大妖怪だ」

「え……？　九尾の狐に？」

「ああ、書物にもたくさん書かれている。一番有名なのは、『平家物語』だな。能の演目にもなっておるし、不吉の象徴としてかなり有名な妖怪だ」

「不吉の……象徴……」

不穏な言葉に、思わず身を震わせる。

「そんな妖怪が……」

「ねぇ、胴体が虎で、手足が狸、尾は狐じゃなかった?」

寧々がスープをかき混ぜながら眉を寄せる。

「頭が猫で胴体は鶏とか、犬の頭に獅子の胴体、鳥の羽があるとかも聞いたことあるんだけど……」

「そうなっとる文献もあるね。北東の寅(虎)、南東の巳(蛇)、南西の申(猿)、北西の乾《いぬい》(犬とイノシシ)——干支を表す獣の合成て考え方もあるそうや」

珈琲のマグを持って、伊織がテーブルにやってくる。

「……はっきりしていないんですか? 九尾の狐レベルに有名な大妖怪なのに?」

伊織が寧々の隣に腰を下ろしながら、頷く。

「……してへんね。設定が曖昧やったり、書物によってバラバラやったりするんは、人によって『作られた』妖怪の特徴や」

「……! 人によって作られた……? 寧々さんや、豆腐小僧のようにですか?」

「そやね」

ふうわりと、珈琲の香ばしい、いい香りがする。一口飲んで満足げに目を細めると、伊織は真っ直ぐに琴子を見つめた。

「鵺は、その最たるもんと思ってええ」

人に作られた——最たるもの？

「トラツグミて鳥がおる。夜中に『ヒィーヒィー』て鳴くんよ。森の中から聞こえるそれが気味悪いて、昔の人はトラツグミを『鵺鳥《ぬえどり》』て呼んだんよ」

伊織が「和歌の枕詞にもなってはるわ」と言って、珈琲を啜る。

「平安時代の人々にはとくに、その鳴き声が不吉なものに聞こえたんやて。そやから鵺鳥は凶鳥《まがつとり》とされて、貴族たちは鳴き声が聞こえるや、大事が起きひんよう祈禱したんやって。それが次第に——なんや起こると、凶鳥が鳴いたせいやと言われるようになったんよ。凶鳥が、不吉を告げよったと」

「え……？」

「トラツグミはそないに珍しい鳥やない。そやから次第に、自然災害、疫病、飢饉、大きな事件——そういったことすべてに鳴き声が関連づけられるようになったんや。そうなると、ただの鳥では説明がつかへんようになる。ただの鳥に、そんな力があるはずあれへんやろ？　そやから——鵺が考え出された」

「それで……考え出されたって……」

それじゃあ、まるで――。

伊織が小さく息をつき、「そのとおりや」と琴子の考えを肯定する。

「鵺は悪者として考えられ、作られたんよ。昔の人々が、今起きている凶事に理由を欲しがって。鵺の仕業なら仕方ないて思える。諦められる。受け入れられる。それは確かに、人々の救いになっとったんよ」

「そんな……」

「……気持ちはわからんでもない。人間は弱い。ちっぽけな存在や。それこそ昔は、今のように豊かやあれへんかったし、知識も圧倒的に足りひんかった。法や秩序も、今とは比べものにならんほどふわっとしたもんやったし、科学なんて夢のまた夢や。そんなものは影も形もあれへんかった。自然災害、疫病、飢饉などを前にして、人はこれでもかてほど無力やった。神さまや仏さまに縋るんが精一杯やったんよ」

両手で包み込んだマグを見つめて、伊織が苦笑する。

「それでも救われへん。凶事が治まれへん。そうなった時、拠りどころを手放すんは容易なことやない。神さまや仏さまが無力やなんて一度でも疑ってしもたら……今後自分らは一体何を頼りに生きていけばええか、わからへんくなるやろ？」

「だったら、悪者を作ってしまえばいい。神や仏の加護すら、ものともしない大妖怪。黒煙とともに現れ、不気味な鳴き声を響かせて凶事を起こす――鵺。当然人間如きにどうこうすることなどできぬ、不吉の象徴――。とんでもない『設定』よの」

「っ……！」

思わず、寧々を見る。

『飛縁魔』も同じだ。もとが女犯の戒めだったため、傾国の美貌と色香によって男を堕落させ、食い潰して早死にさせるという『設定』で作られた。

だからこそ、寧々はどれだけ努力しても、規則正しい生活というものができない。どれだけ気をつけていても、色恋関係のトラブルが絶えないという。

ならば――鵺は？　そんな『設定』で生み出されてしまったら、普通に生きてゆくことすら、ままならないのではないか。

「その鵺を退治したとあらば、これ以上はないという武勇伝となろう？　だから、『平家物語』などで、鵺退治の話が書かれた」

「……！　退治されたんですか？」

「あくまでも創作の話だぞ？　実際にあったことを記録したわけではない。だから、死にざまもさまざま。死んだあとの話もさまざまだ。書物によってまったく違う」

久遠が眉間に人差し指を当て、うーんと考え込む。

「確か『平家物語』では、源頼政が矢で射ったところ、二条城の北側に落下。部下の猪早太《いのはやた》が短刀『骨食』で喉を一突きしてとどめを刺した、だったか？」

「え？　九回刺したんじゃなかったかしら？」

「そもそも、猪早太は実在せぇへんて話もあるよ。源頼政は東西南北に鏑矢《かぶらや》を放っただけやて」

「ええ……？」

思わず眉を寄せた琴子に、こんなものは序の口とばかりに伊織が手を振る。

「まだまだあるよ。ほんまに、バラバラやねん。死体についても、鴨川に流したとか、清水寺に埋められたとか、馬になって源頼政に飼われたとか……そもそも落下地点は静岡県の浜松やとか、愛媛県の頼政の母の故郷にある赤蔵ヶ池《あぞがいけ》に舞い戻ったとか……。とにかくいろいろあんねん。それにまつわる史跡もぎょうさんあるわ。僕かて、全部把握できてへんと思うわ」

それって――。

「……なんて言うか、桃太郎のゆかりの地が日本全国にある感じと似てますね」

「そうやね。実際にあったことの記録やのうて、あくまでも創作やから」

「でも、それらの『創作』をもとに、鵺は生まれたんですよね……？」

人々の創作がもとで生まれた最凶最悪の大妖怪——鵺。

伊織の一族は、そのために年に一度、大きな儀式を執り行っている。

これは、そういう話のはずだ。

「実際の鵺は、どういう妖怪なんですか？」

「……………」

琴子の質問に、伊織が視線を揺らす。

しばらくの沈黙のあと、伊織は珈琲を啜り、ゆっくりと口を開いた。

「鵺が生まれたんは鎌倉時代——『平家物語』や『源平盛衰記』が書かれたあとやて話やね。平安時代にはすでに鵺はかなり有名になっとったけど、実際に生まれるまでいたらんかったんは、人々が想像する鵺像がバラバラやったのもあるらしいわ」

「……！　想像する鵺像が、バラバラだったから？」

「そや。逆なんが、豆腐小僧や。大した設定もあれへんのに、草双紙に描かれる姿は、ほぼあの『笠を被って、豆腐の皿を持っとる小僧』や。キャラクター先行で作られたあやかしやから」

「あ、そっか。人々がその絵を『豆腐小僧』として覚えたから……」

「そや。人々の中で、豆腐小僧といえばあの姿や。あの姿の豆腐小僧が、人々の中で存在するもんとして定着した。そやから、豆腐小僧はあの姿で生まれたんよ」

なるほどと思う。

本当に存在していたなら、姿が曖昧なわけがない。人々の中でイメージが定まっていない状態では、それはまだ『創作』や『想像』の域を出ない。

『存在するもの』とはならないのだ。

「鵺はその逆や。どれだけその恐ろしさや不吉さが人々の間に浸透しても、長い間、その姿形について、共通のイメージが育まれへんかったんよ。それこそ鵺は、得体の知れへんもんの代名詞でもあったぐらいや。それが――」

「……！　そうか。『平家物語』などで、その姿が描写されたから……」

「そや。それで一気に人々の中で鵺という大妖怪のイメージが固まったんよ。まぁ、多少バラつきはあれど、な」

それで――一気に、鵺は人々の中で『存在するもの』となった。

「それで、鵺は……」

「記録では、昼も夜も黒煙が空を覆って日の光・月の光を遮り、不気味な声が都中に響き渡る。作物が育たなくなって、疫病が蔓延したとあるわ」

「……！　そんな、ことが……？」

「……一応、うちの『記録』で、『創作』やあれへんから、近いことは起こったんや思うわ」

「それで、どうしたんですか？」

「…………」

伊織が表情を暗くする。訊いてはいけないことだったのだろうか？

重苦しい沈黙に不安を覚えるも、

「……あれほどの大妖怪を退治できる力を持つ者なんて、そうおれへん。そやから、安倍晴明の子孫――安倍氏と、うちの一族で封じたんよ」

「封じられてるんですか？」

予想外の言葉に、思わず目を見開く。

「そや。封印が解けたんは、江戸時代に二回、明治時代に一回だけやな」

「で、でも、今の話だと……」

鵺に関する逸話は、トラツグミの鳴き声を聞いて、人が『そう考えた』というものばかりだ。鵺自身が、それをしたわけではない。

それなのに――？

久遠が痛ましげに顔を歪め、ため息をつく。

「……だから、不憫だと言うたであろう？」

「っ……！　そんな……！」

人の『想像』や『創作』から、『不吉の象徴』として生み出されてしまった。ただそれだけだ。鵺自身は何もしていないのに。

それなのに――ただそこに在るだけで、人の害となるから封印されているなんて。

「……伊織さん……」

「……僕かて、それが正しいて思とるわけやないよ？」

ひどくすまなそうに苦笑して、伊織が首を横に振る。

「ただ、最善ではある。鵺の力は、それだけ強大なんよ。そして、凶悪や」

「……！　でも……」

「確かに、不憫や。そやけど、不憫というだけで解き放つことはできひん。その結果、世に、人々に、どれほどの被害が出るか――わからへん。わかれへんし、その責任も僕が背負えるようなもんやあれへん」

「それは……そうですけど……」

「そやから、言われるままに毎年、封じの術の重ねがけをするしかあれへんのよ」

伊織が「かんにんな」と苦笑する。

それだけで――わかってしまった。

その『現状』を一番嘆いているのは、伊織なのだ。

「毎年、封じの術の重ねがけをする……。それが、『儀式』なんですか？」

「そや。昔は何十年に一度でよかったんやけど、年々術者が減ってもうて。そやけど鵺の力は逆に増大してもうたんよ。理由はわからんけど……戦争で一気に大量の血が流されて、日本の地が一時穢れに満ちたせいと言われとるわ。そやから、年に一度の儀式になってもうてんよ。ああ、ちなみに最初の封印の儀は、安倍氏とうちの一族、そのお弟子さんたち、陰陽寮所属の人たち含めて総勢五十人で成したことらしいから。そら、術も何十年ももつわ。そやけど今は、僕一人でやっとるから……」

「えっ⁉　伊織さんが一人でですか？　その……伊織さんの一族のほかの人は……」

「そやから、ご時世いうもんもあって、術者は減ってもうたんよ。もう一族の中でも、祓い屋稼業をしとるんは僕だけや。占いみたいなことをしとるんは、一人おるけど」

「で、でも……一緒に封じの儀式を行った安倍さんのほうは……」

「安倍氏は、土御門《つちみかど》やらなんやらと家がいくつかに分かれたんよ。その中で、うちとともに鵺に関することを取り仕切っとった家は、実はすでに絶えてもうてね……」

「…………」

「そやから最近、お見合いの話がようけ来とってね……。お兄さん、それがなかなかストレスなんやけど……」

少しおどけたように言って、空になったマグを手に立ち上がる。

「琴子ちゃん。僕は明日から、しばらくこちらには来えへんから、よろしゅう頼むな。なんやあったら、メールして。潔斎《けっさい》中と術式中以外は返せると思うわ」

「っ……⁉　えっ⁉　あ、あの……⁉」

慌てて、琴子も立ち上がる。

「け、潔斎ってなんですか⁉」

「精進潔斎。占いみたいなことをしとる人がおるて言うたやろ？　その人が、儀式を行うのによき日を占うてくれる。その日が決まったら、その前々日から潔斎開始や。前々日は肉食を避け、身を清めるためのさまざまな儀式をする。そして前日は、水と酒と塩以外は口にせず、一日経を読んで過ごす。当日も、儀式前までは同じじゃ」

「じゃあ、封じの儀式をする二日前から、連絡が取れなくなるってことですね？」

「そうやね。管理の仕事はじめたばっかりやのに、苦労かけてほんまかんにんな？　大体のことは、琴子ちゃんの判断でやってもろてええから」

「で、でも……」

「お客さんに関しては、表に小さな張り紙をしとくとええわ。『オーナーは私用にてしばらく不在です。相談が再開できる段になりましたら、お知らせいたします』とかなんとか。それでしばらく来うへんと思うよ」

シンクにマグカップを置き、「ほな、僕はこれで」と言う。

「っ……！　あ、あの……！」

何か言わなきゃいけないと思う。このまま「わかりました」と頷いてはいけない。

「いってらっしゃい」と、「頑張ってください」と、見送ってはいけない。

何か、何か、言わなくてはいけない。

でも――何を言えばいい？

「……っ……」

思わず、お腹の前で両手を握り合せる。

なぜ、素直に見送ってはいけない気がするのか――それがわからない。

だから、言うべき言葉がわからない。

でも、何か言わなきゃ。それだけは、はっきりとわかる。

このまま、伊織を行かせてはいけない。

なんだろう？　それは予感だった。

そんな曖昧なものでしかなかったけれど——。

(でも、ひらめきは神さまの領域だって……)

それは、伊織が口にした言葉だ。琴子の力は、日々成長しているとも言っていた。

それを——信じる。

この予感は、絶対に間違ってない！　これは、神さまが授けてくれたものだ！

「あ、あの……！　伊織さん……！」

握りあわせた手に力を込めて、呼ぶ。

「ん？」

「わ、私……！　っ……！」

振り返った伊織を真っ直ぐに見つめて、琴子はきっぱりと言った。

「私にその儀式を見せてください！」

◇＊◇

星が瞬く。静謐《せいひつ》と呼ぶにふさわしい静寂に包まれた、とある神社の境内。

森に囲まれた、とても小さな神社だった。清水寺と八坂神社の間に、こんな神社があるなんて知らなかった。

境内は狭く、木々が覆い被さるようになっているためか、月の光が届かず、とても暗い。篝火《かがりび》が焚かれていなければ、一寸先も見えなかったろう。

石造りの鳥居に、石畳の参道。お社は――お社と言うには小さすぎる。祠《ほこら》と言ったほうが近いような気がする。

けれど――圧倒される。

この世のものならぬ強い力をビリビリと感じる。祖母のお墓の――神が宿っていたあの桜の木のように。前に立つだけで、かなりの精神力が必要だった。

参道の中ほどには敷物が敷かれ、その前には三枚の銅鏡が並べられてある。そしてその奥には、大きな榊《さかき》が。

敷物の四隅には青竹が立てられ、注連縄が張られていた。

おそらく、伊織はそこに座って儀式に臨むのだろう。

「無茶言いよるわ。ほんまに……」

少し離れた地面に木の棒で円を描きながら、伊織が独りごちる。

その中に、さらに五芒星《ごぼうせい》を。星の先と円が重なるところにお札を置く。

「すみません……」

作業を行う背中を見ながら呟くと、伊織が肩越しに振り返ってため息をつく。

「申し訳ないいて思てるなら、帰る？　今からでも遅くはないで」

「いえ、それはしません」

きっぱりと首を横に振る。

申し訳ないとは思っているけれど、この場を離れるつもりはない。

あの時の予感は、今や確信に変わっていた。理由はわからない。根拠なんてものもとくにない。

けれど——自分はここにいなくてはならないと思う。

「絶対に、ここにいます。そのために、潔斎に近いことまでやったんですから」

二日前から肉食を絶ち、行動を慎み、前日からは水とお塩しか口にせず、直前にはお祓いしてもらった水で身を清めてきた。

服装も、極力不浄を排除するよう言われたため、白のワンピースに白のジャケット。このために白のパンプスまで買った。身切りをする物と同じように、踏みつける物も何かと溜まりやすいと聞いたからだ。

「……初断食は、ちょっと身に堪《こた》えてます」

「……ほんまに、帰ってくれてええねんで?」

真っ白の浄衣《じょうえ》姿の伊織が、再度ため息をつきながら言う。

浄衣姿とは潔斎の服として神事の際に用いられるものだと、先ほど伊織が説明してくれた。形は、平安時代の狩衣《かりぎぬ》と同じ。けれど、紋が入っておらず、色染めも刺繍もないもの。それに烏帽子《えぼし》を被る。

その姿はひどく美しく——神々しくもあって、自然と背筋が伸びる。

「何度言わせるんですか。ここにいますってば。見届けます」

「僕は儀式で精一杯やから、何かあっても守ってあげられへんよ?」

「はい。大丈夫です。何があっても自己責任。ちゃんとわかってます」

にっこりと笑って、「覚悟もできてるつもりです」と言う。そんな琴子に、伊織が
「も———……琴子ちゃんって、そない頑固やったっけ?」と肩をすくめる。

「ほな、この中に入って。絶対に、この中から出たらあかん。ええね? それだけは約束してや」

「わかりました。この円からは、何があっても出ません。約束します」

円の中に入って、伊織の目を見てしっかりと頷く。伊織はそれ以上は何も言わず、大きく一つ深呼吸すると、バサリと袖を払って視線を巡らせた。

「——時間や」

伊織が参道へと歩いてゆく。その背中を見つめながら、両手を握り合わせて伊織と同じように深呼吸をする。

伊織が注連縄をくぐり、敷物に座する。

そして、柏手を打つ。反響が完全に消えるのを待って、もう一度。全部で十二回。

一回ごとに、その場が侵し難い——神聖なる雰囲気に包まれてゆく。

「…………」

琴子はお腹に力を込め、真っ直ぐに祠を見つめた。

ここに来る前に、実際の鵺の姿はどんなものなのか訊いてみた。

伊織の答えは『犬の顔、虎の胴体、猿の手足、蛇の尾、鳥の羽を持つ姿やね。黒い瘴気を吐き、人の悲鳴のような鳴き声で不吉を告げる。そやけど、それはあくまで、僕の目にはそう見えとるというだけの話。琴子ちゃんに同じように見えるかどうかはわからんで？』だった。

決して怖くないわけじゃない。犬の顔、虎の胴体、猿の手足、蛇の尾、鳥の羽——想像するだけで震えが走る。

それでも、ここにいなくてはならないと思う。

なぜだろう？　わからない。しかし、伊織があきらかに迷惑そうにしているのにもかかわらず、譲る気にもなれなかった。

だからやはり、これは意味のあることなのだと思う。

「っ……！」

祠から、黒煙が噴き出す。続いて、人の悲鳴のようなものが、あたりに響き渡る。

琴子はゴクリと息を呑み、自分自身を抱き締めた。

無理を言って我儘を押し通したのだ。決して、伊織の邪魔をしてはならない。

悲鳴を上げてはならない。取り乱してはならない。逃げ出してはならない。

（……やり遂げるんだ……！）

自分が決めたことだから。

『――術師よ』

地の底から響くかのような声が、伊織を呼ぶ。

同時に、黒煙に包まれた祠から、ズルリと何かが抜け出してくる。

「――ッ！」

戦慄が背中を走り抜ける。

琴子は両手で口を押さえて、必死に悲鳴を堪えた。

実体ではない。幻影のようなものだと思う。それは、はっきりと透けていた。

それでも――おぞましい。あんな恐ろしいものが、この世に存在するなんて。

顔は、犬というよりは猛々《たけだけ》しい狼のようだった。だが、狼でもない証拠に、異常に発達した犬歯が咥内《こうない》に収まり切らず、剝き出しだった。

筋肉質で大きな虎の胴体。鋭い爪を持つ毛むくじゃらの猿の手足。チロチロと紅い舌を覗かせる蛇の尾。そして背には闇色の羽。

（あれが、鵺……）

ガクガクと全身が震える。

ああ、確かに、不吉だ。不吉を形にしたら、こうなるに違いない。

「っ……」

鵺が、獣の瞳孔を持つ金の目を琴子に向ける。

思わずビクッと身をすくめてしまう。全身の震えがひどくなる。

（震え、止まって……！）

怯える姿は鵺の目にどう映るのだろう？　不快に思わないだろうか？　鵺の不興を買うわけにはいかない。それが、儀式にどう影響するかわからないからだ。

わかっていても――それだけはどうしようもなかった。

しかし、鵺はすぐに伊織に視線を戻してしまう。そして——その姿を変容させた。

「……！」

野性的な金の双眸が印象的な、褐色の肌の男性がそこにいた。大きな犬耳に、烏の腰羽。カマーベストのような背中が大きく開いたノースリーブの着物に裾を絞った袴。

そして腕に、黒の内掛を雑に引っかけている。

『これなら、少しはマシか……？』

「……ありがとう存じます」

伊織が深々と頭を下げる。

琴子は思わず目を見開いた。

（え……？　も、もしかして……）

怖くないように、姿を変えてくれた——？

予想だにしていなかったできごとに、呆然としてしまう。

しかし、次に鵺が口にした言葉は、そんなもの軽く吹き飛んでしまうほど衝撃的なものだった。

『俺を殺せる者は、まだ現れないか？』

「——ッ!?」

頭の中が真っ白になる。

（え……？　今、なんて……？）

俺を殺せる者は、まだ現れないか――？

「ええ。おそらく、この先も」

『そうか……』

伊織の答えに、鵺がそっと目を伏せる。

『俺の存在は人間のためにならん。神や妖怪たちのためにもだ。早く消えてやりたいのだが。上手くいかないものだな』

「……っ……」

ドクンと、心臓が嫌な音を立てる。琴子はワンピースの胸もとを握り締めた。

（一体、何を言っているの……？）

人間の想像や創作から『不吉の象徴』として生み出されたのに、人間の――いや、人間だけではない。生けるすべてのものたちの、そして神さまやあやかしたちにまで害を及ぼすからと封印されている。それだけでも理不尽だと思うのに、鵺自身が退治されたいと望んでいる？

自分の存在は、人や神さまやあやかしたちのためにならないから――？

鵺は『平家物語』に登場するほど、有名なあやかしだという。ほかにも、描かれた作品はたくさんあるそうだ。現在でも、鵺は創作物によく登場するという。

だから――自分では消えられない。人間に語られ続けているから。人間の想像力が鵺をまだ形作っているから。

だからこそ、待っているというのか。鵺を退治できる力を持った者が現れるまで。あるいは、鵺を退治する方法が見つかるまで。

こんなところに封印されて、独り――世界の邪魔にならないように？

(何……それ……)

そんなことが許されていいのだろうか？

不吉だから？　異質だから？　害を及ぼすから？

でも、それは『設定』にすぎない。寧々と同じだ。そう作られてしまっただけだ。鵺が何かをしたわけじゃない。

いや、それどころか、鵺は、琴子を怖がらせないように人に近い形に姿を変えた。怯えている琴子を見て。これ以上怖がらせないように、だ。今も、鋭い目をこちらに向けないようにしてくれている。

そんな『気遣いができる心』を持っているのに――？

『引き続き、探してくれ。——頼む。難しいこととはわかっているが』

「——畏まりました」

深々と伊織が頭を下げる。

『世話をかける。では、儀式を』

すまなそうに言って、鵺は背を向けた。

「……ッ……！」

奥歯を噛み締める。

おかしい。こんなのは、絶対におかしい。

（そんな、ことって……）

鵺が、麿と重なる。

独りぼっちで、おばあちゃんの帰りをずっと待ち続けていた。おばあちゃんはもう帰って来ないのに。それでも、おばあちゃんのために。おばあちゃんの願いを叶えるために、麿はあの家を離れなかった。

鵺も同じだ。独りぼっちで、こんな寂しいところに封じられている。人のために、世のために、神さまのために、あやかしのために、甘んじて封印を受け入れている。そう作られてしまっただけで、鵺は何も悪くないのに。

誰かを想う――その優しさこそが、彼らを孤独にしてしまうだなんて。

そんなのは嫌だ。悲しすぎる。

(存在することこそが罪だなんて、そんなことあっていいはずがない……！)

独りぼっちは、嫌だ。悲しくて、苦しくて、つらくて、寂しい。

琴子自身、それは身に染みている。なぜなら、三ヶ月間――誰かに相談することも、助けを求めることすらできず、独りぼっちだったからだ。

『普通』から外れてしまった。

『日常』から取り残されてしまった。

両親にも友達にも言えない『秘密』に囚われてしまった。

運命というものを呪いながら、あやかしたちの目に怯えながら、たった一人で――残酷な『現実』に耐えていた。

そうすることしか、できなかったから。

「……ッ……」

悲しかった。苦しかった。つらかった。寂しかった。そして――怖かった。

二度と、あんな孤独を味わいたくない。

そして、大事な者にも、味わってほしくないと思う。

（……大事な者なら絶対に嫌なのに……鵺ならいいっていうの……？）

自分には関係ないと、これを見逃してしまっていいのだろうか？　本当に？

自分の――大切な者の幸福が、鵺の悠久の孤独という犠牲の上に成り立っていると知って、自分はこれからも同じように笑えるだろうか？

幸せだと、思えるだろうか？

「……ッ……」

キツく唇を噛み締める。

そんなわけはない。

鎌倉時代からずっと今まで、そしてこれから先も――封印されたまま過ごすことがどれほどの苦痛か。

人間が鵺を忘れるまで。存在力が弱くなるまで。鵺を退治できる者が現れるまで。

そんな、来るか来ないかわからない日を待ち続けるだけの日々など、想像するだけで寒気を覚える。

鵺が何も感じない機械のようなものなら、気にしないでいられたかもしれない。

だけど、違う！

あやかしにも、心はあるのだ！

「っ……！　待ってください！」

呪を唱えはじめた伊織に、思わず叫ぶ。

叫んで――しまった。

「……は……？」

伊織がギョッとした様子でこちらを見る。

儀式を中断させるなんて、どうかしている。それも、鎌倉時代から続けられている大事な『お役目』だと知っていながら。

わかっていても――もう止まらなかった。

「本当に、封印するか退治するかしか、方法がないんですか⁉」

その言葉にひどく驚いた様子で、鵺がこちらを見る。

目が合った瞬間――しかし鵺はすぐに『すまない』と言って、顔を伏せた。

「っ……！　大丈夫です！　気遣っていただき、ありがとうございます！　でももう大丈夫です！　怖くありません！　こちらを――」

その気遣いを、嬉しく思う。

だけど同時に、悲しくも思う。

ああ、鵺は――これほどまでに優しいのに。

琴子は真っ直ぐに鵺を見つめたまま、真摯に『お願い』した。

「こちらを見てください。鵺」

『っ……しかし……』

鵺が戸惑った様子で、伊織を見る。

伊織は小さな声で「勘弁してやぁ……」と嘆きながら、がっくりと肩を落とした。

「彼女は私が張った結界の中におります。そして、私たちの目の前にいるあなたは、幻影です。封じの術が緩んだことで眠りから目覚めて、意識をここに飛ばしているにすぎません。本体は、未だ地中深く――術の支配下にございます。そのため、彼女が不吉の影響を受けることはございません。そこは……大丈夫です……」

「……！」

その言葉で、知る。

鵺は、琴子を怖がらせまいとしただけではない。自分の力の影響を受けないように考えてくれていたということを。

「……っ……！」

ああ、本当に――こんな優しいあやかしを、犠牲にするなんて間違っている。

『しかし……』

それでもまだ抵抗があるのか、鵺が琴子のほうを見ないまま、言葉を濁す。

伊織はなんだかひどく疲れた様子で脱力したまま、片手で琴子を示した。

「大丈夫です……。彼女の霊力は、私を凌《しの》ぐものでございますれば」

『……！　そうなのか』

「しかし、彼女は術者にございません。『ド素人』でございます。無知でありますゆえ、どうかご容赦を」

――何か今、『ド素人』をものすごく強調されたような。

『…………』

ようやく、鵺がこちらを見る。

「……！」

金色に光る双眸の美しさに、胸を突かれる。

獣の目だと思った。

けれど――優しい。

（ああ……）

胸が締めつけられる。

泣きたくなるほど真摯で、寂しい瞳だった。

琴子はすうっと大きく息を吸うと、真っ直ぐに鵺を見つめた。

「ありがとうございます。私は、一ノ瀬琴子と言います。鵺」

『なっ……!?』

「ちょっ……!?　琴子ちゃん!?」

鵺と伊織が——二者が同時に、ひどくうろたえる。

「何を……」

『馬鹿な……!　それは真名だろう!?　真名を名乗るなど、無知にも……』

「何か、するんですか？」

『っ……』

「っ……」

琴子の言葉に、二者ともに言葉を詰まらせる。

『ド素人』だから、『無知』だから口にした言葉ではない。真名の効力については、ちゃんと履修済みだ。

それを鵺に示すために、あえて質問を詳しく言い直す。

「鵺。あなたは真名の力を悪用して、私に何かするつもりなんですか？」

『……いや……』

呆然としたまま、鵺が首を振る。琴子はにっこりと笑ってやった。

「ですよね？　じゃあ、何も問題ないはずです」

『………』

鵺がポカンと口を開ける。

きっと、『奇異なものを見る目』というのは、こういう表情をいうのだと思う。

『い、いや、そういうことではない……』

ややあって――唖然としていた鵺が首を横に振る。

『娘。これは、そんな簡単な問題では……』

「娘ではありません。琴子です。日本の伝統楽器の『琴』に、子供の『子』です。鵺。琴子と呼んでください」

あっけにとられた様子で、再び鵺が黙り込む。

しばらく無言で逡巡したあと、弱り果てたように顔をしかめ、首を横に振った。

『――許せ。その名を口にすることはできん』

「私に何が起こるかわからないからですか？」

『そのとおりだ。俺の力は、俺自身わかっていない。お前にどんな不吉を――不幸をもたらしてしまうか、わからないのだ。だから、できない。許せ。娘』

「っ……！」

思わず、両の拳を握り締める。

（そう作られてしまった。生み出されてしまった。本当にそれだけなんだ……）

だからこそ鵺は、自分自身のことすら知らない。

その力を、自らの意思で揮《ふる》ったことがないからだ。

何もしていないのに——それでも世の中にもたらしてしまった被害が甚大すぎて、封印を受け入れたのだ。世のために。生きとし生けるすべての生命のために。そして神さまやあやかしたちのためにも。

「っ……！　伊織さん……！」

琴子と呼んでくれという小さな願いに、『許せ』と真摯に謝るような者なのだ。

やはり、どうしても——看過《かんか》できない。

琴子は奥歯を噛み締めると、伊織に鋭い視線を向けた。

「本当に、こんな方法しかないんですか!?　こんなのおかしいです！」

正しいと思っているわけではないと、伊織は言った。ただ、最善ではあると——。

本当に？　これが最善だなんて、自分にはどうしても思えない。

「絶対に、おかしい！」

「琴子ちゃん……」

「伊織さんを責めるつもりなんてありません！　でも伊織さんは、人間と、世の中と、この時代とうまくやっていけない神さまやあやかしたちのために、ノルテを――あのシェアハウスを作ったんでしょう!?」

伊織が言葉を詰まらせる。

「異質を排除しなくていい世の中を、一番望んでいるのは伊織さんでしょう!?」

「……それは……」

わかっている。

この『現実』を一番嘆いているのは、伊織なのだ。

何もできない自分を呪っているのも――だ。

それでも。

「祖母のお墓の前で口にしたあの理想を……今、もう一度言えますか!?」

「っ……！」

伊織が唇を噛む。

伊織とて、重々わかっているのだ。鵺という最大の『異質』は封じておいて、世の中から弾き出しておいて――語る理想に、なんの意味も価値もないことぐらい。

「何か、何か、方法はないんですか⁉　私は、何も知らないド素人です。それでも」

琴子の力が、伊織以上だと言うのなら――。

「私にできることなら、なんでもします！　お願いします！　伊織さん――」

無茶を言っていることは、わかっている。

それでも、あの孤独から救ってくれた伊織だからこそ。

こんな自分を受け入れてくれた伊織だからこそ、願う――。

「どうか、鵺のことも拒絶しないでください……」

声が震える。琴子は両手で顔を覆った。

ひどいエゴだと思う。

それでも、切に、切に、願う。

「お願いです……。伊織さんだけは、人の、神さまの、あやかしの――みなの味方でいてください……」

伊織だからこそ、嫌だ。

誰が『異質』を拒絶しても、伊織にだけはそれをしてほしくない。

あやかしのために、あんなに温かいシェアハウスを作れる人だからこそ。

同じ手で、あやかしを排除するような真似をしてほしくない。

「……琴子ちゃん……」

涙を流す琴子を見つめて、伊織がそっと息をつく。

そして肩をすくめると、ガリガリと後頭部を掻いた。

「……あれもこれもて、琴子ちゃんはほんまに贅沢やねぇ。そして我儘や」

「……すみません……」

「……謝ってくれるんは嬉しいけど、謝ったところで要求を引っ込める気はあれへんのやろ？　言い出したら聞けへん頑固もんなんも、もう知っとる」

――そのとおりです。

本気で苛立っているような声に、琴子はゴシゴシと涙を拭った。

「無茶を言っているのはわかってます。でも……」

「――そやけど、そんなふうにお願いされたら、お兄さん、琴子ちゃんのヒーローのままでおりたいて思てまうやんか」

「……！」

その言葉に、思わず目を見開く。

琴子はポカンとして、伊織を見つめた。

「伊織、さん……」

「方法は、なくはない。僕だけやったら、絶対に無理やったけど」

伊織が琴子の視線を受け止め、ニヤリと口角を上げる。

「――て言うたら、泣かんでくれる？」

「ッ……！　伊織さん……！」

『何を……』

琴子が歓喜の声を上げると同時に、鵺も驚愕を口にする。

『何を言っている！　術師！』

信じられないとばかりに、鵺が叫ぶ。

『愚かなことを言うものでは――』

「いや、ほんまにあるんですよ。江戸時代に二度、封印が解けて甚大な被害が出たことで、検討された方法が。しかし、当時はそれを行える術者がおらず、その上で――当時の状況では封じの術の重ねがけよりもデメリットが大きかったため、検討されるだけで終わってしまったんです」

『な……に……？』

虚を突かれた様子の鵺を真っ直ぐに見て、伊織がきっぱりと告げる。

「当代となった際、文献をひっくり返して隅から隅まで確認し――見つけました」

その言葉に、琴子は思わずワンピースの胸もとをつかんだ。
（ああ……やっぱり……）
伊織自身も、なんとかしようとしていたのだ。
諾々《だくだく》と、先祖に従って封じの術を行っていたわけではなくて――。
（ああ、よかった……）
伊織は、伊織だった。
そのことに、ひどく安堵する。
人も、動物も、神さまも、あやかしも――すべてを等しく愛する。
自分を受け入れ――救ってくれた伊織は、夢でも幻でもない。一切ぶれることなく、
琴子の目の前にいてくれている。
「その術を上手く使えば、あなた自身は滅ぶことも可能です」
『……！　なんだと……？』
「ですがそれは、すぐ次の鵺が生まれるだけの話です。解決にはならない。ですから
お伝えしていませんでした。術式自体、僕だけでは無理でしたし。でも――」
そこで言葉を切り、琴子を振り返ってにっこり笑う。
「琴子ちゃんがいてくれるなら、可能性がないわけやない」

「……！　なんでもします！」

ドキドキと心臓が早鐘を打ち出す。琴子は身を乗り出して、叫んだ。

「私にできることだったら、どんなことでも！」

「ん。それでこそや。あ、術式を途中で止める危険性については、今度説明するな？

もう絶対にやったらあかんで？」

「……それは、儀式の前に説明しておくべきだったと思います」

安定の、説明不足。伊織らしいといえば、らしいけれど。

『しかし、術師よ！　危険ではないのか⁉』

「もちろん、リスクはあります」

あっさりと頷いた伊織に、鵺がはじめて苛立ちを見せる。

『失敗でもしようものなら、とんでもないことになるのだぞ⁉』

不快げに顔を歪め唸った鵺に、しかし伊織は怯むことなく言葉を続けた。

「今までの封じの術の重ねがけでも、リスクはあります。現状、僕に何かあった時は
術を継ぐ者がいなくなるわけですから。それを考えれば、むしろ綱渡りだったのは、
今までのほうです」

『リスクが減るというのか……？』

「術が上手くいきさえすれば」

信じられないといった様子で、鵺が顔を歪める。

『そんな方法が……？』

「いいえ、実はそんな特殊な術ではないんですよ。あなたを式神化するだけですから」

『ッ……!?』

鵺が驚愕し――言葉を失う。

よく意味がわからなかった琴子は、首を傾げて伊織の背中に声をかけた。

「式神化ってなんですか？」

「式は用いるという意味。式神とは、陰陽師が従えて使う、あやかしや神のことや。陰陽師としては、わりとポピュラーな術式や」

「……ああ、なるほど」

「そやけど、『十二天将』の話をしたやろ？　力の強いあやかしや神を従えるには、それなりの力が必要なんや。誰でも彼でもできるわけやあらへん。『十二天将』は、安倍晴明以外に使うことはできひんかった」

そこまで言って、伊織は挑戦的に瞳を煌めかせた。

「裏を返せば、力さえあれば、十二の神ですら人の支配下に置くことができるんや」

「……！　私に、それができるということですか？」

「正確には、僕と琴子ちゃんでなら、やな。僕だけやと力が足りへん。琴子ちゃんは知識がない上に、陰陽師の術を使われへん。そやけど——二人なら」

「——やります！」

　一も二もなく、承諾する。

　瞬間、ギョッとした様子で鵺が叫んだ。

『娘！　不吉の象徴を使役するなど、お前の身に何が起こるか……！』

「——名を与え、それで縛ることによって、使役されるモノは主《あるじ》を害することができなくなります。彼女の式神となれば、あなたは彼女を害することはできない」

　その言を遮り、伊織がきっぱりと言う。

「そして、彼女は人です。彼女をその『不吉』によって害することができなくなるということは、同時に、人に対して『不吉』が無害化することを意味します」

『だが……』

「世に対してもです。『不吉』により世が狂い乱れれば、主が無事では済まなくなる。間接的に主を害す危険性のあるものに、その『不吉』は効力を失います」

『っ……』

鵺が奥歯を噛み締める。

『しかし……』

「そして――式神化することでその力が抑えられれば、次の封じの術はとてもラクになります。それこそ、術の重ねがけが一切いらない、永年の封印をすることが可能になるかもしれません」

「い、伊織さん!?」

次の封じの術って――!

「また封じるつもりなんですか!?」

思わず、抗議の声を上げてしまう。

「伊織さん！　そんな人でなしなこと言わないでください！」

「いやいや！　僕や琴子ちゃんがいなくなった時のことも考えとかなあかんやろ!?　人の一生はあやかしよりもうんと短いんやから」

「それは、そうですけど……」

「可能性の話やって。そう目くじら立てんといて。もう一度封じるんが嫌やったら、僕らがこの世を去るまでに後継者を育てておけばええだけの話やんか」

「あ、そっか……。なるほど……」

納得して黙った琴子に、伊織がホッとしたように息をつく。

そして、「も〜怖いわぁ……」と身を震わせながら、鵺へと視線を戻した。

「……何より、彼女は受け入れる気満々です」

『…………』

「力があるなしじゃない。今までは、そんな人間がいなかった」

鵺を——不吉の象徴を受け入れようという人間など。

『…………』

鵺が沈黙する。

伊織は唇を綻ばせると、両手を差し出した。

「御身、預からせてください」

◇＊◇

一陣の風が吹く。

まるで、光から見捨てられてしまったかのように闇深い境内に、伊織が唱える呪が響き渡る。

結界の中ではなく伊織の真後ろで、手を合わせ、目を閉じて――その時を待つ。

琴子の役目は、鵺を預かる主として、彼に名を与えること。

『琴子ちゃんの霊力と、僕の術、そして琴子ちゃんが主として与える「名」が、彼を縛る。名前の重要性は、前に話したやろ？　それに今回は、ただ名前をつけるだけとちゃう。主従関係を結ぶうえでの名付けや。その名は、彼がこれからを生きるための指針となる』

そう説明し、『そやから、マシュマロのマロではあかんで』と伊織は笑った。

（名前……）

鵺が、これからを生きるための名前。

ドクンと、心臓が高鳴る。

それは、彼が未来を紡ぐためのもの――！

「――行くで」

琴子はゆっくりと目を開け、祠をにらみつけた。

「はい！」

伊織が剣印を結び、それを祠へ向ける。

「臨む兵、闘う者、皆、陣列ねて、前を行く！」

バチンという大きな音とともに、祠がバラバラになって吹っ飛ぶ。

瞬間、その場所から黒煙が噴き出した。

「琴子ちゃん、名前！」

パンと音を立てて手を合わせ、伊織が再び呪を唱えはじめる。

「はい！」

琴子は大きく頷いて、噴き上がる黒煙を見据えた。

（まだ……まだだ……）

これは、ただの黒煙だ。鵺が現れる予兆。まだ鵺は、地の深くにいる。

琴子のことを、人間のことを、世界のことを気遣ってばかりいた、優しい鵺を想う。

彼は今でも、人間を傷つけ、世界を壊してしまうぐらいなら、自分は深い地の底に封じられているほうがいいと思っているはずだ。

そんな鵺だからこそ、救いたい！

（出てきて。その暗闇から）

怖がらずに。怯えずに。自分にできることなら、なんだってしてみせるから。

もちろん、琴子にできることなど限られている。伊織のように知識があるわけでも、術が使えるわけでもない。琴子自身は、ほんとうにちっぽけな人間だ。

それでも――。
（そばにいるから……！　あなたが、誰も傷つけずに済むように！）
ともに在ること。
それが、どれだけの力になるか、琴子はもう知っている。
（あなたの居場所は、私が作ってみせるから……！）
だから――。
「来て……！」
黒煙に向かって、夢中で叫ぶ。
「来て……！」
もう、自分とは違うモノをただただ恐れて、拒絶していた自分ではない。
『異質』を排除しないで済む世の中――。その伊織の夢は、自分の夢になった。
それを、ただの夢物語で終わらせないためにも！
「来てっ……！」
その刹那――。
黒煙の中に、黒い羽が舞う。
琴子は夜空に広がった漆黒に向けて、両手を広げた。

「――暁《あかつき》！」

夜が明ける。そして、鵺にとっての世が開ける。

もう闇の中にいなくていい。新たな自分になって、新たな生を。

これが――はじまり。

生まれてすぐに封じられて、六百年以上――。

ようやく訪れた『明日』だ。

さぁ、ともに歩こう！

第五話

美味しいも楽しいも
嬉しいも一緒に

Kyoto
kamishichiken
Ayakashi
Share house

「鵺よ！　暁よ！　褒めてつかわす！」

鵺――暁の前になぜか仁王立ちして腕を組み、久遠が言う。

坪庭を望む掃き出し窓の前で小さく身を屈めて、磨を撫でていた暁が、眉を寄せて久遠を振り仰いだ。

「……は……？」

「間の抜けた顔をするでない。褒めてつかわすと言っておるのだ」

「……いや、なんのことだ？」

「久遠？　なんでそない上からもの言うてんの？」

キッチンで琴子の手伝いをしていた伊織が、面白そうに目を細めて久遠を見やる。

久遠は『どうしてそんなわかりきったことを訊くのかわからない』といった風情で、こちらを見――眉をひそめた。

「確かに『九尾の狐』と『鵺』は同じ大妖怪。上も下もない。だが――人間の世界で生きるあやかしとしては、我はこやつの『先輩』だ。上からものを言って何が悪い。むしろ当然のことであろう？」

「あ、先輩なんて言葉知っとったんや」

「先輩だから威張るなんて、小者感全開ですけどね」

久遠には聞こえないように小さな声で呟いた瞬間、後ろで陽太が「琴子ちゃん！生野菜の盛りつけ、終わったー！」と言う。琴子は頷いて、手に持っていたボウルを陽太に差し出した。

「じゃあこれ、今の生野菜の上に置いてくれる？」

「うん！　ポテトサラダ？」

「そう。しば漬けとサバ缶とクリームチーズのポテトサラダ」

陽太が「わーい」と言いながら、再び六枚並ぶランチプレートに向かう。

メインは、大葉とチーズを挟んだ鶏胸肉のやわらかチキンカツ。ポテトサラダに、納豆とオクラ、刻んだトマトと角切りアボカドを玉ねぎ黒酢ドレッシングであえて、山本屋さんの豆腐にのっけ盛りした冷ややっこ。

あとは、京つけものもりさんの季節限定商品『若たけのこ』を切って、炊きたてのご飯に少量のめんつゆと胡麻油とともに混ぜて握った、オイルおにぎり。

お味噌汁は、今日は合わせ味噌。具は新玉ねぎとわかめだ。

「って言うか、何を褒めてるわけ？　それ言わないとわからないじゃなぁい」

ダイニングに座る寧々が、呆れた様子で久遠を見る。

「阿呆なやつらめ。このように静かな昼を過ごすことができておることについてだ。

当然であろう？」

「……！」

その言葉に、思わずチキンカツを切る手が止まる。

「阿呆はどっちよ。そんなの、言わなきゃ伝わらないに決まってるでしょ～？」

「む。では、阿呆のために言いなおそう。暁よ。貴様のおかげで、静かな昼を過ごすことができておる。我は非常に満足だ。褒めてつかわす」

伊織が「あー……。お馬鹿さんやなぁ……」と呟いてニヤリと笑う。

「それは今、完全に琴子ちゃんの地雷やのに……」

「……そうですね。ニヤニヤしないでください。伊織さん」

まったく！　本当にデリカシーの欠片もない狐め！

暁を見ると――ああ、暗い顔をしてしまっている。

「すまない。ここには、さまざまなあやかしたちが日々相談に来ていたのだと聞いた。主人が不在の時も、それでも諦めきれない者たちが顔を出していたと。誰一人として訪れなかった日は、未だかつてなかったのだと……」

「ああ、そうだな。そのとおりだ」

こらぁ！　狐！

思わず、ダンッと包丁をまな板に叩きつけた。

確かに、そのとおりだった。

伊織がシェアハウスに現れない日も、多くのあやかしたちが伊織を訪ねてくる。

儀式前――伊織の不在時。張り紙をしていてさえ、あやかしたちはパラパラと姿を見せた。

言葉を話せる者は、『主人はまだ戻らないか』としきりに尋ねてきた。

たった数日間で、どれだけ伊織があやかしたちから頼りにされているか――そして慕われているかを、琴子はまざまざと知ることになったのだ。

だからこそ、鵺がシェアハウスの一員となった瞬間、あやかしたちがまったく姿を見せなくなったことに琴子自身焦りを覚えているし、鵺も相当気にしているのに。

それを――狐め！

「だから、褒めておるのだ。静かでよい」

「……いや、それは……俺のせいで……」

暁が、ひどく申し訳なさそうに下を向く。

その様子に、琴子はギロリと久遠をにらみつけた。

「……狐……」

少し黙ろうか。

「で、でも、久遠の言うことにも一理あるわよ？　ホラ、職安なんて、そもそも連日超満員じゃいけないところじゃない？」

琴子の形相に寧々がビクッと身を弾かせ、取り繕うように言う。

「保護施設だって、本当は保護しなくちゃいけないものがいなくなって、それが必要なくなることが一番なわけだし……ね？」

「え？　でもこの場合、相談者がいなくなったわけじゃなくて、相談者がここに来られなくなっただけだから、この状況はマズいよね？」

陽太がパッと振り返り、首を傾げる。

「この前も、虐待児童を保護できる施設はちゃんとあるのに、そこで保護するまでの道筋がちゃんと機能してなくて女の子が亡くなっちゃったんだって、舞妓さんたちが嘆いてたよ。そんなんじゃ駄目だって。これもそういうことでしょ？」

寧々が「それはそのとおりなんだけど……。ああ、もう……馬鹿ばっかり……」と頭を抱える。

琴子は陽太を見て、にっこり笑った。

「そのとおりだけど、今言わなくていいかな。陽太くんはチキンカツ半分にするね」

「え、ええっ⁉」

陽太が一気に顔色を失くす。空になったボウルを取り落とすと、琴子の首にしがみついた。

「琴子ちゃん！　琴子ちゃん！　ゴメン！　ゴメンね！　お肉！　お肉ぅ！」

「しがみつかないでくれる？　盛りつけできないから」

「琴子ちゃん〜！」

琴子はため息をついて、こちらに背を向けて肩を震わせている伊織を見た。

「……笑ってないでくださいよ。伊織さん」

「いや、かんにん」

琴子の恨みがましい声にパッとこっちを向き、両手を合わせる。……その肩はまだしっかり震えていたけれど。

琴子はそっとため息をついて、半泣きの陽太を押しやった。

「そもそもの話なんですけど、鵺が呼ぶ『不吉』や、もたらす『不幸』って、本当に神さまやあやかしにも有効なんですか？」

「そういう話やけど、具体的なことはわかれへんのよ。人間や世の中にもたらされたそれらについてしか、記録があれへんから」

伊織がお味噌汁の鍋の火を切って、肩をすくめる。

「あれだけあやかしたちが怯えとるってことは、間違いなく確実に『何か』はあったんやと思うけど……」

「でも、麿は平気そうですよ？」

手早くチキンカツを盛りつけてから、窓辺の暁と麿を示す。

麿は暁の大きな手でお腹を撫でてもらって、とてもご機嫌だ。仰向けに転がって、気持ちよさそうにゴロゴロいっている。

「それは単純に、知識が足りてへんからやと思うわ。まだ生まれたてやしね。ほかのあやかしたちとの交流も、一切なかったみたいやし」

――そうか。麿も、独りぼっちだったから。

「でも、少なくとも、私の式神化した暁は、麿に無害ですよね？　あの様子だと」

この数日で、麿はすっかり暁がお気に入りになった。一番構ってくれるからだ。

そして暁のほうも――小動物と触れ合うのははじめての経験のため、最初は壊してしまいやしないかと恐れてか、おっかなびっくり触れていたけれど、昨日今日は麿を腕に抱いて歩いている姿をよく見る。ともに過ごす時間をどうやら楽しめているようだった。

「さて、完成。はーい！　昼ご飯です！」

「琴子ちゃん！　オレ！　オレの！　お肉は⁉」

「はいはい。ちゃんとみんなと同じ量あるよ。一つだけお肉が少ないのは、狐ね？

健康オタクは揚げものが好みではないから」

「ホント⁉　ゴメンね！」

——謝ってはいるけど、きっと何が問題だったのかがわかっていないのだろう。

（陽太くんの言葉は、間違ってはいなかったしね……）

確かに、それが問題だ。

あやかしたちのお悩み相談所であり、訓練施設であり、一時的な保護施設でもある
このシェアハウスが機能しなくなるのは、あやかしたちにとって大きな損失だ。

なんとかしなくてはいけないことはわかっている。

けれど——暁には、今ここでこうしていることを気に病んでほしくなかった。

それだけは、絶対に。

「……難しい顔しとるね」

お味噌汁をよそいながら、伊織が目を細める。

「……そうですね。それしかできません。ド素人なんで」

「……もしかして、僕が言ったこと気にしとるん？」

「いえ、今のは嫌味でもなんでもないです。むしろ、自虐ですね。私、結局のところ好き勝手要求するだけで、自分自身は何もできてないですから」

「そんなことあれへんよ。あそこで暁が——」

しゅんと背中を丸めて、ひたすら麿を撫でている暁を見る。

「ああして猫を撫でていられるんは、間違いなく琴子ちゃんの力なんやから」

「……でも、それだけじゃだめです」

あれでは結局、暁は世の中からあぶれているのと同じだ。

「地の底で眠っているか、シェアハウスに引きこもっているか——変わったのがそれだけでは意味がありません」

「……そうやね」

鍋に蓋をして、伊織が微笑む。

「あやかしのために何かしたいやなんて、えらい成長したやんか。琴子ちゃん。つい先日まで、豆腐小僧が近づいただけで悲鳴上げとったのに」

しっかり聞いていたらしい。バレてないと思ったのに。

「……そうですね。自分でも驚きです」

少し前までは、あやかしは敵だった。敵でしかなかった。

自分を脅かす——憎むべきもの。

それなのに、いつからこんな風に考えられるようになったのだろう？

わからない。でも、そう考えられるようになった自分が、少しだけ誇らしかった。

「……そうか」

そんな琴子を見つめて、伊織がさらに目もとを優しくする。

「それやったら、琴子ちゃんも、ここに引きこもっとらんでええんちゃう？」

「え……？」

思いがけない言葉に、エプロンを外しながら、目を瞬《しばた》く。

「私……ですか？」

なんのことだろう？　引きこもっていた覚えなどないのだけれど。

「あらら……無自覚なん？」

「え？　無自覚も何も私、結構出かけてると思いますけど？　おもに買い出しとか。

急に、『明日はそちらで朝食をとるつもりだから、『赤メック』の『ラムレーズン入りミルクフランス』と『白チョコレートとレモンのパン』を買っておいてね！』とか、
伊織さん、こちらの都合も考えず、普通に連絡してくるじゃないですか」

『赤メック』とは——今出川通り沿いにある『ル・プチメック』というパン屋さんのことだ。真っ赤な壁が印象的な、フレンチテイストの外観から、通称『赤メック』と呼ばれている。

京都でも一位二位を争うほどの人気のパン屋さん。伊織もここのハード系のパンに目がない。つい昨日も、買いに走ったばかりだ。

琴子の言葉に、伊織が「そういうこととちゃうねんけど」と言う。じゃあ、どういうことなのだろう？

首を傾げるも——陽太が「すべて運んだよ！　食べようよ！」と二人を急かす。

「あ、う……うん……」

促されるまま、足早にダイニングテーブルへ。寧々と久遠はすでに着席して二人を待っている。その足もとには、ちゃんと磨用のキャットフードも。ウェットフードとドライフードを混ぜて、小皿に盛ってある。陽太が用意してくれたらしい。

「早く！　暁も！　食べよ！　食べよ！　冷めちゃうよー！」

「用事を申しつけでもせんと、琴子ちゃん、外に出えへんやんか。ほんまに気づいてへんの？」

「え……？」

陽太の元気な声に紛れて聞こえた、伊織の小さな声。琴子はふと足を止め、後ろを振り返った。

「す、すみません……。聞き逃しました。なんですか？　伊織さん」

「……いや？　まだ恐怖を忘れてへんのかなって思っただけや」

「ええと……？」

今の、文章繋がってた？

さっきから、伊織は一体何を言っているのだろう？

再び首を傾げた琴子に――伊織はその横をすり抜けて、ゆっくりと口角を上げた。

「そんなら、お兄さんが一肌脱ぎましょうかね」

◇＊◇

「琴子ちゃ〜ん！　お待たせ〜！」

「っ……！　う、うわぁ〜っ！」

伊織のあとを歩く暁を見て、思わず歓声を上げてしまう。

「す、すごいっ……！　かっこいいっ……！」

褐色の肌。フワリと頬に降りかかる、クセのある黒髪。鋭く野性的な金色の双眸。引き締まった精悍な頬に、キリリと結ばれた薄い唇。犬耳と鳥の腰羽がないだけで、ほとんどいつもの暁だった。

けれど――。

「は～……。男も、服装で化けるもんなのねぇ……」

寧々が感心したように呟く。

黒のヒープ襟が特徴的な細身のパーカーに、ヴィンテージ加工を施したネイビーのスキニージーンズ。モックトゥワークブーツは落ち着いたダークブラウン。

モデルのような――なんてものではない。世界的なスーパーモデルが白旗を上げるレベルの、超絶イケメンだった。

「えらい苦労したわ！　でも、ええやろ？　イケメンやろ？」

いつもと変わらず、優雅で美しい着物姿の伊織が、満足げに笑う。

「久遠みたいに、人に化けるんじゃないのね」

「最初は僕もそのつもりやってんけど……どうやら化けることはできひんらしいわ。そやから、耳と羽を引っ込めてもろて、普通の人にも見えるようにしてもろたんよ。すべてがはじめての経験やから、かなり手間取ってはったけど、なんとかできたわ」

「え？　じゃあ、この服はどうしたんですか？」

「僕の」

「ええっ!?　伊織さん、こういうかっこうされるんですか!?」

和服以外は着ないのかと思ってた！

「そら、着るよ。年に一回か二回やけど」

「本当にお前のか？　そのわりには、ジーンズの丈がピッタリだが」

いつもの――伊織に雰囲気が似た人間の姿に化けた久遠が、暁の足もとを覗き込む。

その肩に乗っていた麿が、ピョンと暁の肩に移動した。

「貴様のものだったら、もう少し寸足らずになっていそうなものだが」

「……なんやの。久遠。僕の足が短いて言いたいんか」

ムッとしたように、伊織が眉を寄せる。

「そういうわけではないが……。ああ、暁よ。普通の人間に、麿は見えぬ。ゆえに、麿を構う時は人目に気をつけよ」

マズいと思ったのか、久遠が素早く話題を変える。

そんな男たちを見回して、寧々がむぅっと眉を寄せた。

「そ・れ・よ・り！　このボンクラども！　琴子ちゃんを見て、何かないわけぇ？」

寧々は、黒いワンピースをダイナマイトボディに纏《まと》い、目の覚めるような鮮やかな緋色に大きな菊花が大胆に描かれた長羽織を合わせた、和洋折衷の装い。

琴子は、葵唐草《あおいからくさ》が描かれたミントグリーンの着物姿。帯はパステルカラーのピンクとパープルの市松模様。チョコレート色のブーツに、同じ色のミニボストン。

寧々の言葉に、思わず顔を赤らめてしまう。

「そうだぞ。ボンクラ」

「琴子ちゃん、めちゃくちゃ可愛いのに。ボンクラ」

「……久遠と陽太に言われると、なんや腹立つな。いや、わかっとるよ。そもそも、僕がコーディネイトしたんやから」

伊織が腰に手を当て、「ほれみぃ。さすがは僕や。これ以上ないぐらい似合うてるやんか」と満足げに何度も頷く。

「えっ!? そ、そうなんですか!? 寧々さんのコーディネイトかと……」

この着物も、寧々のものと思っていたのだけれど？

「ちゃうよ。僕がどうしても琴子ちゃんに着物を着てほしいて、僕が用意したんよ。寧々がこない清楚で可愛らしい着物を持ってるわけないやんか」

瞬間、一気に血の気が引く。

「えっ⁉　ま、まさか、これ……買っ……」

「もちろん。このために買うたんよ」

「きゃ……きゃ～っ！」

襦袢《じゅはん》に着物に帯に、肌着に半衿、帯紐などの小物類に加えて、ブーツにバッグまで、総額一体いくらかかったのだろう⁉

寧々に「せっかくだから着物を着ましょうよ」と軽く誘われたもんだから、寧々が貸してくれるものだと思い込んで軽くＯＫしてしまったのだけれど――ああ、まさか、すべて伊織が買っていたなんて！

「す、すみません！　私、知らなくて……。こ、これ、高かったんじゃ……」

「そういうのんは気にしてほしないなぁ。女の子を自分好みに染めたいと思うんは、男なら当然の欲求やんか。そうやろ？」

伊織が顔をしかめて、やだやだと首を振る。

「え……？　いや、でも……え……？」

「とにかく、僕の欲望を叶えるための出費なんやから、琴子ちゃんが気にすることは何一つあれへんよ。そして、お兄さんは大満足や。めちゃくちゃ可愛い」

「っ……！」

その言葉に、か〜っと頬が熱くなる。

「……き、着慣れない、もので……その……」

「その恥じらいの表情……。ほんまに、ええもん見させてもらいました」

「……え……」

「発言が、もうお兄さん通り越してオッサンなんだけど？　伊織」

寧々の呆れたような言葉に、伊織は「正直もんやから……」と扇で口もとを隠してにっこり笑った。

「ほな、全員揃ったところで——」

伊織がぐるりと視線を巡らせる。

大丸京都店。錦小路通側入り口脇の、はんなり地蔵前。百貨店の買い物客だけではなく、待ち合わせに利用する人も多い場所。

加えて、この先には有名な京の台所——錦市場がある。

そのため、人通りはとても多い。

和服姿が優美な京男子に、まるで双子のように似ているものの、かなりイマドキなイケメン。長身細マッチョなワンコ系男子に、褐色の肌に金色の目のミステリアスで野性的な超絶美形。加えて、ダイナマイトボディの悩殺系美女。

そんな中でこれだけ揃っていれば、否応なしに人目を引いてしまう。

（め……目立つ……）

視線を感じて、思わず身を小さくしてしまう。

そんな琴子の背中をポンと叩いて、伊織がにっこりと笑った。

「琴子ちゃんが、大学生になった時からやから、もう四年以上京都に住んでるくせに、観光はろくにしたことがないいて言うたから来たんよ。今日は楽しもな？」

「あ……は、はい」

「社寺を回るコースにしよかとも思ったんやけど、そっちは二人でゆっくり回りたいやんか？　そやから今日は、同じ定番でもワイワイ遊ぶコースや。京の台所錦市場で食べ歩きして、寺町京極商店街をウィンドーショッピング。史跡もちょっぴり押さえつつ、気取らず、気張らず、楽しく！」

伊織が笑顔で手を差し出す。

「しばらく、町歩きなんかできひんかったわけやし」

「……！」

ああ、それで——みなでおでかけしようと誘ってくれたのか。

（……どうしよう。嬉しい……）

じんわりと胸が熱くなる。

琴子は唇を綻ばせ、その手に自分のそれを重ねた。

「はい……！」

「よし。ええ返事や。——暁も」

目に映るすべてが珍しいのだろう。きょろきょろしていた暁が、伊織を見る。

「今日は、みなで楽しみに来たわけやから、最近の口癖の『俺のせいで』はなしや。ええね？　式神とは、主のために在るもんや。その式神が、主の笑顔を奪うやなんて言語道断。許されることやあれへん」

「……！　わかった」

暁が神妙な顔をして頷く。

「努力しよう」

「ん。よし。ほな、行こか」

伊織が琴子の手を引いて歩き出す。

和服に、チョコミントカラーのコーディネイトに、大好きになったシェアハウスの面々と一緒な上に、京都観光。ワクワクしないわけがない。

トクトクと心臓が高鳴り出す。

「お酒の試飲ができるお店があるのよね～」

「なんだ、貴様。こんな昼間から呑むつもりか」

「へべれけになるまで呑むわけじゃないし、別にいいでしょ～？」

「錦市場って、食べ歩きができたんですね？」

「食べ歩きて言うか、お店の前で食べる感じやけどね。面白い店がいっぱいあるで。高倉通側からやと、まず『こんなもんじゃ』さんで、豆乳ドーナツとか豆乳ソフトはどうやろ？　あ、でもその手前には『茶和々《さわわ》』さんがあるわ。抹茶ソフトもええかも。抹茶のわらび餅も絶品やし……」

伊織が先を歩きながら、「そやけど抹茶なら、寺町京極商店街手前の『錦一葉《にしきいちは》』さんも捨てがたいな。どないしよ」とブツブツ呟く。

約四百メートル続くアーケードに、百三十ほどの小さな商店がズラリと並ぶ。

商店街というには余りに狭い。道幅は、場所によりまちまちだけれど、大人二人が両手を広げて並べば、それだけでいっぱいいっぱいというところも多い。商店が並ぶ路地といった風情だ。

けれど、さすがは『京の台所』だ。入り切らないほどたくさんの人でごった返す。『市場』の名にふさわしい人の出入りと活気。

当然、並んで歩くことなどできないので、一列になって人の波を縫うように歩く。

（すごい……！）

威勢のいいかけ声に、ワクワク感が高まる。

「そや、『鮮魚木村』さんで、カルパッチョも食べよ！」

伊織が肩越しに振り返って大きな声で言う。にぎやかで、そうしないと聞こえないからだ。

「カルパッチョ⁉ 食べ歩きで、カルパッチョですか⁉」

「珍しいやろ？ 美味しいで〜！」

「伊織サン！ 『元蔵《げんぞう》』サンも！」

一番後ろから、陽太の声がする。

「ああ、そや。『元蔵』さんの牛すじ大根は外されへんな。『田中鶏卵』さんの京だし巻き串は絶対食べてもらわな。ああ、そや。錦市場では絶対に、たこたまごも食べてもらわな。あとは変わったところで『井上佃煮店』さんのチョコレートコロッケも。コロッケといえば、『花よりキヨエ』さんとこのキヨエコロッケもええよ。ポテトに抹茶が練り込んであって、見た目も華やかやし、オリーブオイルで揚げてはるから、軽くて食べやすいし……」

「…………」

全部食べられるだろうか？

「あ……！　伊織さん……！」

早速、『京のおまめはん』の看板に足が止まる。

「豆菓子カップ詰め放題ですって！」

詰め放題ではなく、京風丸障子をデザインしたキューブ型のパッケージのものある。

お土産用だろう。

「ああ、美味しいで。僕は七味豆と京につき豆が好きやな」

「……なんでも知ってますね」

「こんぐらい当然や。なんでも訊いてや〜」

全員で、明るく、おしゃれな店内に入る。

ズラリと並ぶ可愛いキューブボックスに、心が躍る。

「う、うーん。実は豆菓子、大好きなんですよ。いろいろ食べてみたいけど……」

でも、まだ錦市場のほんの入り口だ。荷物になってしまうだろうか。

「ほしいと思ったら買っとき。高いもんやあれへんし」

「そうだぞ？　琴子よ。荷物を持つ者ならおるではないか。なんのための式神だ」

「……少なくとも、荷物を持たせるためではないよ」

久遠の言葉に、むぅっと眉を寄せる。暁をなんだと思っているのか。

「俺は構わないぞ。荷物ぐらい、いくらでも持つ」

暁が少し身を屈めて、琴子の顔を覗き込む。

「琴子は『楽しむ』ことだけを考えてくれたらいい。そのために来たんだろう？」

「っ……」

どうしよう。暁がいい子すぎて、撫で回したくなる。

「あ、暁も楽しんでくれないと……私も楽しいって思えないからね？」

琴子はほんのり頬をピンクに染め、暁の腕をつかんだ。

「暁も楽しんで。ね？」

「……ああ。楽しいという感情はまだよくわからないが、努力はする」

「……っ……」

その言葉に、胸の奥が疼く。

本来、『楽しむ』なんて、努力して成すことではないのに。

『楽しい』がわからない――。それは、なんて悲しい言葉だろう。

この数日、暁の「わからない」を何度も聞いた。

『すまない。「美味しい」と言えなくて。わからないんだ』
食事をしたことが、そもそもなかったから。
『すまない。「嬉しい」とはどういう感情なのか、わからないんだ』
未だかつて、喜ばしいことに遭遇したこともなかったから。
『すまない。俺には選べない。何をどう判断するべきか、わからないんだ』
自身の生に、選択肢が用意されていたこともなかったから。
それを聞くたびに、胸が痛む。
そして——その孤独の深さを思い知る。
「…………」
琴子は暁の大きな手に自分のそれを重ねて、しっかりと握った。
もちろん、急ぐつもりはない。
ゆっくりでいい。一つずつ覚えていってくれれば。
美味しいも、楽しいも、嬉しいも、これから——ともに感じてゆければ。
「——じゃあ、言い方を変える」
琴子は暁を見上げると、にっこりと笑った。
「今日、暁が目にするすべてが、鮮やかであればいい」

「……！」

「地の底で独り眠っていたら得られなかったものを、感じてくれればいいよ」

繋いだ手に、力こもる。

「それは──約束しよう」

暁が真っ直ぐに琴子を見つめて、頷く。

「実は、すでに目が回りそうなんだ。こんな大勢の人間を見たことがなかったから」

「なんだと？　情けないことを言うでないわ。大妖怪が」

「そうよう。今日はいつもに増して、『はじめて』のオンパレードになるんだから。ちゃんとついてきてよね？」

「疲れたら言ってね？　オレ、おぶってあげるから」

それはやめたほうがいいと思う。目立つだけじゃ済まなそうだ。

「ふふっ……」

暁の背中を叩いて思い思いの言葉をかける三妖怪に、思わず笑ってしまう。

そんな琴子を見つめて、伊織が楽しげに目を細める。

暁の肩の上の麿が「ニャア」とご機嫌な声を上げた。

「──で？　琴子ちゃん、どないするん？」

「買います。やっぱりいろんな味を食べたいから、詰め放題にしよう」

「早くしろよ。我は『こんなもんじゃ』で豆乳ソフトクリームが食べたい」

「狐は本当にうるさい。急かさないでくださいよ」

「ああ、琴子ちゃん。『こんなもんじゃ』さんは『京とうふ藤野』さんの系列やで。前に豆腐カフェ、行ったやろ？」

「えっ⁉　そうなんですか⁉」

それは——行きたい！

「私も豆乳ソフトクリーム食べたいです！　すごく美味しかったですもん！」

こうしてはいられない！　テキパキとカップに豆菓子を詰めて、店員さんに包装をお願いする。

「……とうにゅう……そふと？」

暁が戸惑い気味に呟き、首を傾げる。

その様子に、思わず寧々と顔を見合わせ、ニヤリと笑う。

「……豆乳もソフトクリームもはじめてなんだから、食べたら絶対に驚くわよねぇ？ちょっと琴子ちゃん？　ちゃんとスマホを用意しておくのよ。豆乳ソフトクリームに感動するイケメンの表情をがっつり撮影しないと。絶対萌えるはず」

「がってんです。姐御」

商品を受け取りながら、ぐっと親指を立てる。

そして——琴子は、なんのことかわからずきょとんとしている暁に笑いかけると、その大きな手をしっかりと握った。

「行こう！」


人にも、神さまにも、あやかしにも、住みやすい世の中——。

世の中すべてを変えることは無理でも、せめて——人も、神さまも、あやかしも、みなが笑って暮らせる場所を作りたい。

伊織の夢は、今や琴子の理想となった。

こんな日が、来るなんて——。

『普通』に戻りたいと思っていた。

『日常』を取り戻したいと願っていた。

『平凡』を喉から手が出るほど欲した。

だからこそ——この目に映る『現実』には、絶望するしかなかった。

でも今は、そうは思わない。

『異質』のままでいい。

『非日常』をも楽しんでしまえばいい。

鵺を孤独から救えた『非凡』に、今は感謝している。

新たに生まれた『理想』に、この胸を熱くすることができたから。

「…………」

相変わらず、視界が『普通の人には見えないもの』を捉える。

店の看板の裏に。店と店の間の細い隙間に。アーケードの骨組みの上に。交差点の自販機の下に。四方八方から注がれる視線を、敏感に察知してしまう。

耳も『普通の人には聞こえない声』を拾う。

『人間だ』『鵺ダ』『恐ろシイ』『なにゆえに鵺が』『猫又ダ』『九尾の狐が』『なぜ』『人と』『人間ト』『ナゼ』『なぜ』『何故』

聞こえてくる疑問——自分たちを見ているあやかしたちに見せつけるかのように、暁の手を握る。

暁にも聞こえているはずだ。それでも、もう『すまない』と謝ってほしくない。

伊織が、琴子が望む、みなが笑って暮らせる場所——その『みな』には、もちろん暁も含まれているのだから。

人とあやかしは、確かに違う。

でも、人にもあやかしにも、等しく心がある。

そして——人もあやかしも、その心に従って生きている。

その『心』を通わせる努力を怠らなければ、世界は輝かしい『可能性』に満ちる。

それは、これ以上はないほど、尊いことだと——。

(ああ、そうか……)

伊織が、なぜシェアハウス入居者全員での『お出かけ』を提案したのか、わかった気がする。

(焦っちゃだめってことだ……)

ゆっくりでいい。わかってもらう努力を続けること。

鵺が、とても優しいあやかしだったということ。

暁という名を得て式神となった鵺は、人にもあやかしにも無害であること。

琴子も、伊織も、麿も、シェアハウスの三妖怪も、誰も不幸になどなっていない。

暁とともに過ごす時間は、すでにかけがえのないものだということ。

必ず、わかってもらえるから。

こちらが諦めさえしなければ。

「……！」

物陰からこちらを見ている小鬼を見つけ、笑顔で小さく手を振る。

存分に見てほしい。暁の隣で笑う自分を。

そして少しでも知ってほしい。暁のことを。

六百年以上もの遥かなる昔から、暁がどれだけ人を、世界を、神さまやあやかしを愛してきたか。

人のため、世界のため、神さまやあやかしのために、自らを犠牲にしてきたか。

その優しさを。温かさを。

心を！

「琴子ちゃん。抹茶ソフトとほうじ茶ソフト、どっちにする？」

伊織が立ち止まり、琴子を振り返る。

「え〜？　ソフトクリームはさっき豆乳ソフトを食べたし、それよりもポップコーン買いましょうよぉ〜。玄米茶のポップコーン。ね？　一緒に食べましょ？」

寧々の言葉に、久遠が綺麗な眉をひそめる。

「何を言うか。ポップコーンはほうじ茶味にせよ」

「……なんでアンタ、そんなに偉そうなのよ？」

「ねぇねぇ！　ポップソフトっていうのがあるみたい！　お好きなソフトクリームにお好きなポップコーンをのせてお楽しみくださいだって！」

「「「それだ！」」」

伊織、寧々、久遠のハモり声に、思わず吹き出してしまう。みな、子供みたいだ。

クスクス笑う琴子に、暁が金色の目を優しく細める。

「琴子。『楽しい』か？」

琴子は暁の腕を抱き締めて、にっこり笑った。

「うん！　とっても！」

◇＊◇

一度目の奇跡は、伊織に出逢えたこと。

潰れてしまう寸前だったところを、助けてもらった。

そして、新しい世界を見せてもらった。

自分がどれだけ狭い視野でものごとを見ていたか——思い知った。

二度目の奇跡は、暁を解放できたこと。

あれほど憎んだこの力があったからこそ、彼を式神化することができた。

そして、彼に新しい生を与えることができた。

偏った古い価値観を捨て、新たな視野でものごとに向き合えるようになった。

そして、三度目の奇跡は——。

「琴子！」

「っ……！」

目にも鮮やかな新緑が、抜けるように高い青空に映える。

少し動くだけで汗ばむような陽気。伊織と出逢ってから一ヶ月。世間はゴールデンウィーク明け。

珍しい暁の叫びと玄関の戸が勢いよく開く音に驚いて、琴子は顔を上げた。

「え……？　何……？」

あの穏やかな暁が、叫ぶなんて。珍しいにもほどがある。何があったのだろう？

琴子は、すぐさまリビングの掃除を中断して、足早に玄関へと向かった。

「何？　暁。表の掃除は……。ッ……！」

息を——呑む。

そこには、豆腐小僧がいた。

高揚した様子で琴子を見つめる暁の足もとに、立っていた。

いつものように笠を被り、いつものように豆腐を載せた盆を手に持ち——笑顔で。

琴子を見ると、より一層笑って、豆腐を載せた盆を掲げる。

「っ……！　……ふ……」

刹那に、泣いた。

恐怖にではない。感動で——苦しいほどに胸が締めつけられる。

琴子は崩れ落ちるようにその場に膝をつき、両手で顔を覆った。

「っ……！　い、今……っ……」

伊織の——オーナーのお客さまだ。失礼のないように対応しなくてはならない。

わかっているのに、もう言葉にならなかった。

(来てくれた……！)

ああ、来てくれた。戻って来てくれた。それも——暁が表の掃除をしていたのにもかかわらず、だ。

これほど嬉しいことがあるだろうか！

「ふ……う……」

泣いている場合じゃない。わかっていても、止まらない。

嬉しくて。嬉しくて。ただただ嬉しくて。

「う……す、み……ません……！　い、今……」

「……オーナーを呼びますから、中でお待ちいただけますか？」

涙ばかりが溢れてまともな応対ができない琴子に代わって、暁が言う。

けれど——その暁の声も、はっきりと震えていた。


三度目の奇跡は、小さなあやかしたちが戻って来てくれたこと。

心を通わせることの尊さを、その喜びの大きさを知る——。

（ああ……頑張ろう……）

わかってもらえる日は、必ず来る。

焦らず、腐らず、諦めず、弛《たゆ》まぬ努力をしよう。

そうすれば——ちゃんと伝わる。

報われる日は必ず来るのだ。

大切なのは、信じること。

自分を。そして相手を。

（両親とも……いつか……）

関係を紡ぎ直せる日が来るはずだ。

「…………」

豆腐小僧が小首を傾げて琴子を見上げ、小さな手で琴子の腕をポンポンと叩く。

そして笑顔で、豆腐を載せた盆を差し出した。

新たな『日常』がはじまる。

優しく、温かく、輝きと驚き、そして大きな喜びに満ちた愛すべき——普通の人にとっての『非日常』が。

あとがき

ファン文庫では、はじめまして。烏丸紫明です。

このたびは、『京都上七軒 あやかしシェアハウス』を手に取っていただき、本当にありがとうございます。楽しんでいただけましたでしょうか。


日本の昔話や外国の神話に出てくる、どこか人間くさい神さまや、あやかしなどの人外がたまらなく好きです。そのため、神さまやあやかしものが書けるとなった時に一番最初に思ったことは、『不完全な存在を書きたい』でした。

完全な人間などいないのと同じように、神さまやあやかしだって、実は『不完全』な存在なんじゃないのかなって（勝手に）思っているゆえです。

人間がいなくては存在することすらできない――神さまやあやかしたち。強い霊力を持つ主人公も、その霊力を生かす術をまったく知らなかったり、現在神さま予備軍の大妖怪が、人間の常識に疎かったり、電子レンジが使えなかったり。ひとたび封印が解ければ、世が大混乱に陥る最凶最悪の災厄は、滅ぶことができなかったり。

みな、さまざまに『不完全』。でもだからこそ、一緒にいようと思う。ともにすごす時間を、温かいと感じる。そんな物語になっていればいいなぁと思います。

それでは、謝意を。

イラストレーターのしきみ先生！　大ファンですっ！　本当に素晴らしいイラストをありがとうございます！　ああ、もう……感激です……。もう死んでもいい……。

烏丸の作品作りを支え、本が出るまで尽力してくださいました担当さま、編集部のみなさま、デザイナーさま、校閲さま、営業さま。そして、この本を並べてくださる書店さま、本当にありがとうございます！

そして、支えてくれる家族と友人にも、心からの感謝を！

何より、この本を手に取ってくださったみなさまに、最大級の感謝を捧げます！


それではまた、みなさまにお目にかかれることを信じて。

二〇一九年九月　烏丸紫明

この物語はフィクションです。
実在の人物、団体等とは一切関係がありません。
本書は書き下ろし作品です。

■参考文献
「妖怪と怨霊の日本史」田中聡（集英社）
「日本妖怪散歩」村上健司（KADOKAWA）
「京の町家案内　暮らしと意匠の美」淡交社編集局（淡交社）
「京町家　スローライフに学ぶ生活術」（淡交社）
上七軒公式　匠会　http://www.takumikai.net/
錦市場商店街　京都錦市場商店街振興組合公式　http://www.kyoto-nishiki.or.jp/

烏丸紫明先生へのファンレターの宛先

〒101-0003　東京都千代田区一ツ橋2-6-3　一ツ橋ビル2F
マイナビ出版　ファン文庫編集部
「烏丸紫明先生」係

Fan
ファン文庫

京都上七軒あやかしシェアハウス

2019年10月20日　初版第1刷発行

著　者　烏丸紫明
発行者　滝口直樹
編　集　山田香織（株式会社マイナビ出版）
発行所　株式会社マイナビ出版
〒101-0003　東京都千代田区一ツ橋2丁目6番3号　一ツ橋ビル2F
TEL　0480-38-6872（注文専用ダイヤル）
TEL　03-3556-2731（販売部）
TEL　03-3556-2735（編集部）
URL　http://book.mynavi.jp/

イラスト　しきみ
装　幀　高橋明優＋ベイブリッジ・スタジオ
フォーマット　ベイブリッジ・スタジオ
DTP　富宗治
校　正　株式会社鷗来堂
印刷・製本　図書印刷株式会社

ISBN978-4-8399-7046-8
Printed in Japan